KB168643

상상 친구의 고백

# 상상 친구의 고백

미셸 쿠에바스 장편소설 | 정회성 옮김

CONFeSSiONS OF
AN IMAGiNARY
FRieND

나무옆의자

# 차례

## chapter 01

# 모두 자크 파피에를 싫어한다

그렇다. 나는 지금 이 세상에서 겪은 일에 대해 쓰고 있다. 첫 번째 장의 제목은 이렇게 간단히 정했다.

모두 자크 파피에를 싫어한다

이것은 내가 세상에 나와 여덟 번째 맞은 해에 겪었던 경험담이다. 나는 이 이야기를 조금은 감성적으로 쓰려고 한다. 이야기를 하다 보면 금세 첫 번째 장에 이어 두 번째 장으로 넘어갈 테지만, 그 전에 한 가지 고백할 것이 있다. 사실 첫 번째 장의 제목은 좀 과장되었다. 이는 우리 집 개 프랑수아의 몸이 아코디언처럼 늘어난다고 말하는 것과 비슷하다. 특히 과장된 것은 '모두'라는 말이다. '모두'에서 다음의 세 사람은 제외한다.

엄마.

아빠.

쌍둥이 여동생 플뢰르.

그런데 자세히 보면 내가 이 제외 명단에 프랑수아를 넣지 않았다는 사실을 금세 알게 될 것이다.

## chapter 02

# 고약한 닥스훈트, 프랑수아

원래 소년과 개는 세상의 모든 대표적인 단짝 중에서도 최고의 단짝일 것이다.

마치,

땅콩버터와 젤리처럼.

왼발과 오른발처럼.

소금과 후추처럼 말이다.

그런데 나와 프랑수아는 얼핏 어울릴 것 같지만 전혀 그렇지 않은 사이다. 가령 너클샌드위치knuckle sandwich(먹는 샌드위치가 아니라 '주먹으로 한 대 치기'란 뜻)와 땅콩버터, 베어트랩bear trap(곰덫이 아니라 속도 위반차를 잡는 경찰의 '레이더 장치'를 뜻함)과 왼발, 소금과 종이에 갓 베인 상처(paper[종이]와 pepper[후추]의 발음이 비슷함) 같다고 하면 쉽게 이해되지 않을까 싶다.

솔직히 말해 우리가 그런 사이가 된 것이 프랑수아의 잘못만은 아니다. 삶의 운명을 좌우하는 카드가 프랑수아에게 아주 불리하게 쌓였기 때문이다. 나는 조물주가 개를 만들 때 조금도 조심을 하지 않았기 때문에 바나나처럼 길게 생긴 프랑수아의 몸에 짤막한 다리를 붙였다고 생각한다. 산책할 때마다 배가 바닥에 쓸린다면 기분이 어떨까? 누구라도 기분 나쁠 것이다.

우리가 어린 프랑수아를 집으로 데려오던 날, 녀석은 플뢰르에게 다가가서 코를 킁킁거리며 활짝 웃었다. 그런데 내게는 코를 킁킁거린 끝에 사납게 짖어댔다. 그랬다. 녀석은 몹시 지저분한 코를 내 몸에 갖다 대던 그날부터 8년 동안 걸핏하면 나를 보고 멍멍 짖었다.

## chapter 03

# 파피에네 인형 가게

아는 사람은 알겠지만 '파피에papier'는 프랑스어로 '종이'란 뜻이다. 하지만 우리 부모님은 종이를 만들거나 팔지 않는다. 종이와 상관없는, 상상을 파는 인형 가게를 운영한다.

"이 세상에 인형이 필요한 사람이 많을까요?"

플뢰르가 아빠에게 물었다. 솔직히 나도 부모님의 인형 가게를 생각하면 그 점이 걸렸다.

"사랑하는 딸아, 이 세상에 인형이 필요 없는 사람이 누가 있냐고 묻는 편이 더 낫지 않을까 싶구나."

아빠가 대답했다.

"많죠. 플로리스트, 음악가, 요리사, 아나운서……"

플뢰르가 나열했다.

"오, 얘야! 내가 플로리스트라면 인형을 살 거다. 식물에게 말을 걸면 식물이 자라는 데 도움이 된다고 하잖니. 인형과 내가 수다를 떨면 꽃이 두 배로 더 잘 자랄걸."

아빠는 그렇게 말하고 몸을 빙글 돌렸다.

"내가 양손에 인형을 하나씩 든 피아니스트라면 어떨까? 그러면 나는 손이 두 개가 아니라 네 개나 되겠구나. 또 내가 요리사라면 오븐용 장갑 모양의 인형을 갖게 될 거야. 아, 그리고 아나운서라면 이전에는 뉴스만 전달했겠지만 이제부터는 인형을 사용해서 재치 있는 농담을 하게 될걸."

"무슨 말씀인지 알겠어요. 하지만 말을 건넬 상대가 없는 사람이나 인형이 필요하겠죠. 다행히 자크와 저는 늘 붙어 있으니 인형 없이도 놀 수 있어요."

플뢰르가 말했다.

나는 웃으면서 아빠에게 손을 흔들었다. 그러고는 플뢰르를 따라 문 쪽으로 향했다. 가게 문에 달린 종이 울리고 우리는 인형들의 싸늘한 눈초리를 받으며 그곳을 떠났다.

밖으로 나오자 태양이 오후의 구름 사이로 얼굴을 삐죽 내밀고는 우리에게 윙크했다.

## chapter 04

# 정말이다
# '모두' 자크 파피에를 싫어한다

학교. 누가 이런 꼴도 보기 싫은 걸 생각해냈을까? 아마 닥스훈트들과 함께 사는 사람이 아닐까 싶다. 학교는 모두(정말 모두가 그렇다) 나를 싫어한다는 사실을 가장 잘 보여주는 장소다. 이는 한 주 동안의 일을 살펴보면 충분히 알 수 있는 사실이다.

월요일, 우리 반 아이들이 발야구를 했다. 각 팀의 주장이 한 명씩 자기 선수를 골랐다. 주장들은 내게도 다가왔다. 하지만 모두 그냥 지나쳐버렸다. 이윽고 경기가 시작되었다. 나는 마지막까지 선택되지 못했다. 아무도 내게 눈길조차 주지 않았다.

화요일, 나는 아이다호의 주도를 알고 있는 유일한 아이였다. 그래서 손을 번쩍 들었다. 파도가 심한 바다 위에서 이리저리 떠다니는 손가락 인형처럼 손을 흔들기까지 했다. 그런데 선생님은 그런 나를 보지 못했는지 이렇게 말했다.

"정말 그걸 아는 학생이 아무도 없단 말이니? 한 사람도 없어?"

수요일, 점심시간에 덩치가 산만 한 녀석이 나를 아예 깔아뭉개려고 했다. 그 순간 나는 재빨리 의자에서 몸을 피함으로써 가까스로 목숨을 건졌다.

목요일, 나는 버스를 타려고 줄을 서서 기다렸다. 그런데 내가 버스에 오르려는 찰나 운전사가 버스 문을 홱 닫아버렸다. 내 얼굴 바로 앞에서.

"아, 안 돼요!"

나는 소리쳤지만 이내 그 소리는 버스의 부연 배기가스 속으로 사라져버렸다. 그런데 잠시 뒤 플뢰르가 버스에서 내렸다. 그러고는 집까지 함께 가주었다.

금요일 아침, 나는 학교에 가지 않고 집에 있게 해달라며 부모님에게 간청했다. 부모님은 아무 말도 하지 않았

다. '안 돼'라는 말도 없었다. 부모님은 침묵만으로 나를
무시했다.

## chapter 05

# 우리의 지도

한때 플뢰르와 함께 '우리의 지도'를 만들었던 기억이 난다. 장소를 그리기는 쉬웠다. 우리는 지도에 개구리 연못, 밝게 빛나는 반딧불이가 사는 들판은 물론이고, 우리 이름의 머리글자를 새긴 나무도 그려 넣었다.

지도에는 우리만의 세계에 영원히 남을 지형, 예를 들어 인형 가게 봉우리, 프랑수아 피오르해안, 엄마와 아빠의 산 정상 등도 표시되어 있었다.

또 우리만 아는 특별한 장소도 있었다.

아주 특별한 장소 말이다.

당연히 그런 장소는 우리만 찾아낼 수 있었다.

먼저 플뢰르가 학교에서 한 소년에게 놀림을 받고 엉엉 울어서 눈물로 가득한 개울이 있었다. 그리고 우리가 타임캡슐을 묻었던 장소, 이미 타임캡슐을 파낸 장소, 타임캡슐이 아직 존재하는 훨씬 더 좋은 장소도 있었다. 또 우리가 여름마다 들렀던 초크아트 갤러리도 있었다. 내가

오를 때마다 높이를 재던 나무도 있었다. 기록을 깨느라 나무에서 떨어진 적이 한두 번이 아니었지만 아빠와 엄마에게는 한 번도 알리지 않았다. 불꽃을 내뿜는 거위와 큰 뿔이 달린 곰, 타조 털이 달린 침팬지가 돌아다니며 풀을 뜯어 먹는 장소도 있었다. 플뢰르가 나를 보고 눈웃음 짓던 떡갈나무의 옹이구멍도 있었다. 숨바꼭질하던, 비밀로 가득한 깊은 우물도 있었다.

그랬다. 그것은 가장 친한 친구처럼 아주 가까운 사이인 나와 플뢰르만이 볼 수 있던 세상이었다.

## chapter 06

# 위대한 모리스 씨의 마술

이따금 일요일에 우리 가족은 어린이 박물관에 가곤 했다. 박물관에는 비눗방울 만드는 기구라든지 오래된 암석이라든지 어린아이 장난감 같은 물건이 가득했다. 하지만 그것 때문에 그곳을 방문하지는 않았다. 일요일마다 팝콘을 공짜로 먹을 수 있는 데다 위대한 모리스의 '마술'을 '구경'할 수 있기 때문에 갔던 것이다.

마술사 모리스 씨는 나이가 많았다. 그렇다고 우리 조부모님이나 증조부모님만큼 많다는 것은 아니다. 내 말은 그저 나이가 **많다**는 얘기다. 말하자면 모리스 씨는 생일 케이크에 꽂는 양초가 케이크보다 비용이 더 많이 들 정도로 나이가 많았다. 또 흑백사진 시절에 인생을 보낸 추억이 많을 정도로 나이가 많았다.

그런데 모리스 씨의 마술은, 정말 최악이었다! 모리스 씨는 축음기에서 비둘기 한 마리를 나타나게 하는 마술을 했다. 축음기라니! 이 사람은 적어도 천 살은 되었을 것 같았다. 우리가 모리스 씨의 마술 쇼를 구경할 때마다 플뢰르는 몸을 숙여 내가 속삭이며 농담하는 소리를 듣곤 했다.

"모리스 씨는 나이가 너무 많아. 모리스 씨의 성적표는 상형문자로 되어 있을걸."

내가 속삭였다.

그러자 플뢰르는 킥킥대며 터져 나오는 웃음을 참으려고 손으로 입을 틀어막았다.

"모리스 씨는 너무 늙었어. 모리스 씨가 태어났을 때는 우르릉거리는 소리와 함께 땅이 꺼져 사해死海가 생겼을 거야."

내가 계속 말했다.

불행히도 이 특별한 일요일에 우리는 둘 다 우리가 모리스 씨의 마술 쇼를 조롱하고 있다는 것을 위대한 모리스 씨가 다 알고 있다는 사실을 알아채지 못했다.

"꼬마 아가씨, 누구에게 속삭이고 있니?"

모리스 씨가 뚱한 표정의 토끼를 손에 들고 우리 앞에 잠시 멈춰 서서 말했다.

"오빠한테요. 이름은 자크라고 해요."

플뢰르가 대답했다.

"그렇구나. 그래, 자크가 뭘 아주 재미있다고 말했니?"

모리스 씨가 고개를 끄덕이며 물었다.

그러자 플뢰르는 자신의 머리 빛깔처럼 뺨이 붉어졌고 당황해서 입술을 꽉 깨물었다.

"저, 자크는 아저씨가…… 늙었대요. 아, 그리고 다 뻥이래요. 마술 중에 진짜는 하나도 없댔어요."

플뢰르가 대답했다.

"그랬구나. 세상에는 의심을 품는 사람들이 너무 많군."

모리스 씨가 말했다. 그리고 과장된 몸짓으로 망토를 휙 휘둘렀다. 그러다가 허리가 아픈 듯 구부정한 자세로 지팡이를 짚고 힘없이 무대로 돌아갔다.

"의심을 품는 사람들은 마술은 단지 속임수일 뿐이라고 하지. 그런데 알고 있니? 굳이 그런 사람들의 말이 틀렸다고 증명할 필요가 없다는 걸 말이야. 그냥 이렇게 행동으로 보여주면 돼."

모리스 씨는 말을 끝내자마자 조끼 주머니에서 낡고 망가진 나침반을 꺼냈다. 나침반은 모리스 씨의 나이만큼 오래된 것 같았다. 그 안에 있는 바늘은 오직 한 방향, 나침반을 들고 있는 사람만을 가리켰다.

"꼬마 아가씨, 이리 올라와서 내 조수 역할 좀 해주렴."

모리스 씨의 요청에 플뢰르는 마지못해 일어났다. 그리고 무대 위로 올라가 모리스 씨의 마술에 동참했다. 그 모습에 죄책감을 느낀 나는 모리스 씨가 플뢰르를 상자 안에 넣어 칼로 찌르는 마술을 하지 않기를 바랐다.

"이것 좀 잡아다오."

모리스 씨가 플뢰르에게 나침반을 건네며 말했다.

"이제 내가 널 사라지게 할 거란다."

모리스 씨는 사람 크기만 한 캐비닛으로 가더니 문을 열고 플뢰르에게 안으로 들어가라고 손짓했다. 플뢰르가 들어가자 모리스 씨는 캐비닛 문을 닫았다.

"수리수리 마하수리!"

모리스 씨가 소리쳤다. 나는 눈알을 굴리면서 빨리 끝나기를 바랄 수밖에 없었다.

하지만 그때 아주 놀랍게도 모리스 씨가 캐비닛을 열자 플뢰르는 사라지고 없었다! 놀란 관객들이 탄성을 질렀다.

"자, 플뢰르. 네가 나침반을 세 번 두드리면 집으로 돌아갈 수 있단다."

모리스 씨가 소리쳤다. 그러고는 캐비닛을 닫고 세 번 두드리기를 기다린 다음 다시 캐비닛 문을 열었다. 휙! 플뢰르가 있었다.

어쨌든 관객은 열광했고 그 답례로 늙은 모리스 씨는 관객을 향해 절했다(모리스 씨의 자세가 평소에 워낙 구부정했기 때문에 관객에게 절한 것인지는 정확하게 말하기 어렵다). 플뢰르가 나침반을 돌려주려고 했지만 모리스 씨는 머리를 가로저으며 플뢰르의 손을 접고 말했다.

"위대한 모리스의 마술과 함께하는 세상은 신비롭단다. 불가능한 것도 가능하게 하니까. 그리고 플뢰르, 너는 진실은 보는 사람의 눈에 달려 있다는 사실을 잘 아는 소녀 같구나."

## chapter 07

# 충격

다음 날 나는 마술 쇼에서 가져온 나침반으로 프랑수아를 사라지게 하려고 그것을 만지작거리고 있었다. 그런데 그때 부모님이 방으로 들어가는 소리가 들렸다. 우리집 벽은 종잇장처럼 얇아서 대화 소리가 다 들렸고 그 때문에 내 삶에 변화가 생겼다.

"상상을 너무 **많**이 하는 건 아닐까요?"

엄마의 말소리가 들렸다.

"그럴 수도 있을 거예요. 플뢰르가 인형을 너무 많이 갖고 있는 것이 문제일 수도 있어요. 눈과 입이 움직이는 인형들이 모두 그 애를 혼란스럽게 했을 수도 있으니 말이야."

아빠가 대답했다.

그리고 나는 엄마의 한숨 소리를 들었다.

"계속 그 애의 장단을 맞춰주지 말았어야 했어요. 2단 침대야 원래 한 세트였지만 책상에 자리 하나를 더 만들어주고, 칫솔도 하나 더 챙겨주고, 또 교과서도 같은 종류를 두 권씩이나 사주었잖아요. 난 그냥 플뢰르가 자라면서 결국 알아서 상상 친구에게서 벗어날 거라고 생각했어요."

그 말을 듣는 순간 나는 깜짝 놀랐다.

너무 놀라 어안이 벙벙했다.

정말 충격이었다.

내 동생이며 단짝인 플뢰르에게, 내가 한 번도 듣지 못했던 상상 친구가 있다니!

## chapter 08

# 진정한 친구

아, 플뢰르!

나와 플뢰르는 모든 것을 공유했다. 2층 침대, 욕조, 바나나스플릿(디저트) 등 말하자면 셀 수도 없다. 놀랍겠지만 우리는 껌도 함께 씹은 적이 있다. 혼자 껌을 씹고 있던 플뢰르가 그 껌을 솔로몬 왕처럼 두 쪽으로 나누어 내게 주었다. 그런 행동은 역겨웠을 수 있다. 하지만 아주 정겨운 모습이었을 수도 있다. 아니면 좀 끈적거리는 사이로 보였거나.

그런데 지금 상상 친구만큼 엄청난 비밀이 또 있을까?

우리는 아주 친했다. 플뢰르는 내 마음을 읽을 수 있었다. 내가 생각하기도 전에 무슨 생각을 생각하는지 플뢰르는 잘 알고 있었다.

"아침에 뭘 먹고 싶니?"

엄마가 물었다.

그러면 플뢰르는 이렇게 소리치며 대답했다.

"자크가 모차르트 교향곡 40번 같은 모양의 팬케이크가 먹고 싶대요! G단조로요!"

말도 안 된다고? 하지만 나는 그런 팬케이크가 먹고 싶었다. 정말로.

사실, 누구나 자기 모습을 그대로 알아주기를 바란다. 그렇다고 머리나 옷 스타일 같은 외모를 알아주는 것이 아니라 우리가 정말 누구인지를 알아주는 것을 뜻한다. 우리는 이상한 모습까지 모두 포함한 진짜 우리를 알고 계속 이해해주는 사람을 찾고 싶어 한다. 여러분은 그런 자신의 모습을 알아주는 친구가 한 명이라도 있는가? 사실, 가장 중요한 부분은 세상 사람들에게 보이지 않는 것은 아닐까?

여러분에게 자신의 모습을 알아주는 친구가 있기를 바란다.

나는 그런 친구가 있다.

내 곁에는 늘 플뢰르가 있다.

## chapter 09

# 터무니없는 생각

다음 날 아침, 나는 조금 우울한 상태로 일어났다. 화가 나고 혼란스러웠던 내 감정은 한 가지 계획으로 바뀌었다. '게임은 혼자 하는 게 아니지.'

낚시게임이나 보드게임을 말하려는 것은 아니다. 물론 그런 게임은 내가 아주 잘한다. 나는 플뢰르가 벌이고 있는 상상 친구 게임을 말하려 한다. 그래서 나도 **나만의** 상상 친구를 만들어낼 아주 기발한 아이디어를 생각해내고 있다.

솔직히 나는 입체 그림으로 보는 위인전과 소립자물리학 색칠공부책에 더 관심이 많은 똑똑한 사람에 속하기 때문에 상상 친구가 무엇인지 몰랐다. 그래서 상상 친구에 관해 알아보려고 도서관으로 갔다.

"저, 실례지만." 내가 도서관 사서에게 말을 건넸다. "상상 친구에 관한 책이 있나요? '상상'이나 '친구'라는 제목으로 찾으면 될까요? 아니면 '터무니없는 생각'으로 분류되어 있을 것 같은데, 내 말이 맞죠?"

나는 하이파이브를 하려고 손을 올렸지만 도서관 사서는 나를 완전히 무시하면서 책만 열심히 정리하고 있었다. 물론 이런 상황은 이미 익숙해져 있던 터라 신경 쓰지 않았다.

"저, 우리 집 애완견 프랑수아는 괴물이에요. 프랑수아가 내가 빌린 책을 다 먹어치웠어요. 그래서 도서 연체료는 내가 아니라 프랑수아가 책임을 져야 한다고 생각해요."

내가 설명했다. 하지만 도서관 사서는 안경을 매만지며 하품만 해댔다.

"알았어요, 좋아요. 옛날 도서 분류 방식으로 그냥 내가 알아서 찾아낼게요."

내가 몹시 화를 내며 말했다. 결국 혼자서 책을 검색하고 또 검색했다. 그러다가 마침내 유니콘에 관한 책과 북극에 관한 안내서 사이의 먼지 쌓인 책꽂이에서 상상 친구에 관한 책을 찾아냈다.

## 상상 친구

**명사**

함께 있으면 좋고 즐겁지만 실제로 존재하지 않는 사람.

마음이나 상상 속에서만 존재하면서 누군가를 도와주거나 지원해주는 사람.

**동의어**

공상 친구, 환상 친구, 허구 친구, 꾸며낸 친구, 신화 속 친구, 유령 같은 친구, 가짜 친구, 비현실 속 친구, 이론으로만 존재하는 친구(주로 영국에서), 가공의 호위 무사

**반의어**

실제로 존재하는 적, 현실 속 원수

**상상 친구들이 사는 곳**

나무속에서 발견됨. 때로는 오래된 조용한 영화관, 바

닷가 동물원, 마술 가게, 모자 가게, 시간여행 가게, 장식 정원, 카우보이 부츠, 성벽, 혜성 박물관, 유기견 보호소, 인어의 연못, 용의 굴, 책을 쌓아둔 곳(도서관 안쪽), 나뭇잎 더미, 팬케이크 더미, 바이올린의 몸통, 꽃잎, 사용하지 않는 타자기 등에서 발견됨.

하지만 주로 나무속에서 거주.

## 이동 유형

때때로 상상 친구들은 자신을 볼 수 있는 사람을 만나기 전까지 방황하거나 여행을 하거나, 또는 떠돌아다닌다. 그러다가 누군가를 만나면 대체로 오랫동안 그 사람과 지내게 된다.

## 식습관

구름 루트비어플로트와 구운 달 치즈를 먹는다. 하지만 상상 친구들이 가장 좋아하는 음식은 우주먼지다.

## 상상 친구들이 주로 하는 활동

상상 친구들은 몸을 쭈그리고 앉아 풀밭 속을 들여다보면서 대부분의 시간을 보낸다. 풀밭에 아주 가까이, 더 가까이 가보면 상상 친구들이 보일 수도 있다. 또 상상 친구들은 구석진 곳과 갈라진 틈이라면 어떤 곳이든 계속 들여다보는 것을 좋아한다. 그리고 늘 매우 일찍 일어나거나 매우 늦게 일어나고, 편지를 전달할 때는 고래 등을 타고 다닌다. 상상 친구들은 또한 잠에서 깨어나면 윙윙거리는 비밀 언어로 위장하고, 깃털 모으는 취미에 관한 글을 쓰고, 구름 같은 형태로 모습을 바꾸기도 하고, 달을 보고 울부짖고, 어둠 속에서 불을 밝히는 불빛이 되기도 하고, 대단히 이해하기 어려운 많은 언어를 알아듣고, 용감하고 헌신적이며, 허황되면서도 과장된 이야기를 믿는다. 그리고 상상 친구들은 믿음이 강하다. 자신을 믿고 친구를 굳게 믿는다. 또 여러분을 믿는다.

## chapter 10

# 나의 새로운 상상 친구

상상 친구에 관한 책은 정말 터무니없는 내용이었다!

하지만 나는 그 책 덕분에 상상 친구를 사귈 수 있는 몇 가지 아이디어가 떠올랐다.

나는 너무 우스꽝스럽게 보일까 봐 사람이 없는 곳에서만 새로운 '친구'와 함께 시간을 보냈다. 그래도 늘 플뢰르가 보고 있다고 확신했다. 우선, 나는 줄넘기 줄을 마구 돌렸다. 다른 쪽 끝은 내 '친구'가 잡고 있는 척했다. 하지만 효과가 없었다. 그다음에는, 내가 '친구'와 두 개의 빨대로 밀크셰이크를 함께 먹는 척했다. 물론 내가 밀크셰이크를 다 마셔야 했고 웃는 연기까지 했다. 또 내 새로운 절친한 '친구'가 초콜릿을 좋아하지 않는다는 것도 보여주어야 했다. 그리고 내 '상상 친구'와 보드게임을 했고 (내가 매번 이겼다), 시소를 탔으며(별로 오르락내리락하지는 않았다), 캐치볼 놀이까지 했다(주로 내가 던지기를 했다). 상상 친구들은 원래 운동 소질이 부족한 걸까? 그 정보는 도서관에 가서 다시 확인해봐야겠다.

어쨌든, 내 계획은 마침내 효과가 있었다. 플뢰르가 관심을 보이고 도대체 내가 무엇을 하고 있는지 물어보았던 것이다.

"새로운 상상 친구를 사귀면서 귀중한 시간을 보내고 있어. 나와 가장 친한 상상 친구거든."

내가 설명했다.

"알겠어. 그런데 그 상상 친구 어때?"

플뢰르가 물었다.

"어떠냐고?"

내가 침을 꿀꺽 삼키며 되물었다.

"그래, 무슨 말인지 알잖아. 그 상상 친구가 어떻게 생겼냐고? 또 뭐 하는 걸 좋아해? 그리고 가장 좋아하는 색깔, 노래, 취미, 희망, 꿈은 뭐야?"

플뢰르가 질문 공세를 퍼부었다.

"알았어, 알았다고."

내가 고개를 끄덕이며 대답했다.

"그러니까, 어, 내 상상 친구는 붉은빛이 도는 갈색에 밝으면서도 어두운 그런 머리색을 하고 있어. 가끔 셔츠를 입고, 또 많은 것을 좋아하는데, 음식의 경우는……"

"자크, 너 지금 생각나는 대로 마구 말하는 거지?"

플뢰르가 의심스러운 듯 물었다.

"아냐! 그 애는 정말 진짜 상상 친구야. 그러니까, 어디엔가 그 친구 모습을 그린 게 있어. 지금부터 찾아서 이따가 자세히 말해줄게."

내가 당황해하며 소리쳤다. 그러고는 방에서 뛰쳐나와 플뢰르와 같이 쓰고 있는 침실로 들어가 방문을 잠갔다. 나는 그렇게 시간을 벌려고 했다. 그리고 뭔가 대책을 세우려고 책상에 앉았다. 나는 생각해내려고 애썼다. 좀 더 깊이 생각해보았다. 도대체 누가 내 상상 친구란 말인가?

하지만 아무도 없었다. 정말 아무도 없었다. 그때 문득 깨달았다. 나는 한 번도 만난 적이 없는 사람을 상세하게 기억해내려고 애를 쓰고 있었다.

## chapter 11

# 가짜 상상 친구가 될 후보자 목록

그런데 나는 다시 좋은 생각이 떠올랐다. 내 상상 친구에 관한 전체적인 이야기를 지어냈다! '상상 속의' 상상 친구에 대해 내 마음대로 막 꾸며낼 수 있었다. 정말 천재 같았다. 이 계획은 절대 실패할 수 없었다. 나는 상상 친구가 될 후보자 목록까지 만들기 시작했다.

내 상상 친구는 성공한 세무사로, 곧 자신의 사무실을 열려고 생각 중이다.
(이 목록은 시시해서 별로 마음에 들지 않는다.)

내 상상 친구는 꽃으로 만든 심장이 있다. 그래서 벌들이 하루 종일 상상 친구의 머리 위에서 윙윙거린다. 또 상상 친구는 심장에 좋으라고 햇볕이 따뜻할 때나 비가 올 때 종종 입을 벌린 채 걸어 다닌다.

내 상상 친구는 거인이다. 상상 친구는 지구와 다른 행성들을 사용하여 저글링을 한다. 행성들이 회전을 하게 된 이유도 그 때문이다. 상상 친구는 지구를 잘 떨어뜨리지는 않는다. 지구를 떨어뜨리면 영국의 도자기 찻잔들이나 아프리카 표범의 얼룩무늬들이 지구 밖으로 떨어져 나간다.

내 상상 친구의 아빠는 바다에 살고 있는 큰 물고기였고 엄마는 초록빛 비늘이 반짝이는 인어였다.

내 상상 친구는 감자처럼 생겨서 성격도 감자와 똑같다.

## chapter 12

# 그레이트 드래곤 헤링

마침내 나는 내 상상 친구의 모습을 상세하게 만들어 낸 후 플뢰르를 찾아갔다.

"이것 좀 봐!"

나는 직접 그린 아주 생생한 그림을 들어 올리며 말했다.

"소개할게…… 내 상상 친구, 그레이트 드래곤 헤링이야!"

"와, 정말 놀라워."

플뢰르가 말했다.

"그렇지?"

내가 우쭐대며 말했다.

"그런데…… 이게 뭐니?"

플뢰르가 잠시 머뭇거리며 물었다.

"말했잖아, 그레이트 드래곤 헤링이라고."

내가 대답했다.

"아, 알겠어. 반은 용을 닮은 것 같아."

플뢰르가 말했다.

"또 반은 청어를 닮았어."

내가 나머지 모습까지 마무리 지으며 말했다.

"이 친구는 뭘 먹어?"

플뢰르가 물었다.

"구름 루트비어플로트와 구운 달 치즈를 주로 먹어. 그리고 가장 좋아하는 음식은 우주먼지야."

내가 대답했다.

"그런데, 아빠는 우리가 저녁으로 미트로프를 먹을 거라고 하셨어."

플뢰르가 말했다.

나는 몸을 돌려 사실 그곳에 없는 드래곤 헤링과 긴밀한 이야기를 나누며 속삭이는 척했다.

"그래, 이 친구도 미트로프를 먹을 거래."

마침내 내가 대답했다.

우리는 아빠가 저녁을 만들고 있는 주방으로 갔다. 늘 그랬듯이 식탁에는 네 개의 자리가 마련되어 있었다.

"식탁에 다섯 번째 자리가 있어야 해요."

플뢰르가 불쑥 말을 꺼냈다.

"누구 자리 말이니?"

엄마가 어리둥절한 표정으로 물었다.

"자크에게 새로운 상상 친구가 생겼어요. 용과 청어를 반씩 섞어놓은 모습이에요. 그런데 그 친구가 미트로프를 먹어보겠대요."

플뢰르가 설명했다.

"그래? 정말 잘됐구나."

엄마가 말했다. 나는 엄마의 목소리에서 빈정대는 말투를 느꼈다.

아빠는 요리용 난로 위에 있는 냄비를 휘젓다가 멈추었다. 엄마는 자리에 앉아 눈을 감고 또 편두통이 생긴 듯 관자놀이를 문질렀다.

"그러면 이제 자크에게 상상 친구가 생긴 거니? 그건 좀…… 지나치다고 생각하지 않아?"

엄마가 물었다.

"전혀 그렇게 생각하지 않아요. 엄마가 늘 상상력을 넓히라고 하셨잖아요."

플뢰르가 접시와 포크를 하나씩 더 가져오면서 말했다.

그 말을 듣고 엄마는 책임을 지라는 표시로 아빠를 손가락으로 가리켰다. 사실, 그런 진부한 말은 늘 아빠가 했다.

그래서 플뢰르의 논리에 대꾸도 하지 못한 부모님은 상상 속의 거대한 드래곤 헤링 때문에 식탁을 좁게 사용해야 했다. 내가 생각해도 좀 비좁았다.

저녁을 먹고 나서 우리는 영화를 보러 갔다. 그때에도 플뢰르는 부모님에게 내 상상 친구의 영화표도 사야 한다고 우겼다. 마침 이미 본 영화라서 아빠는 아이스크림콘을 대신 사주었다. 그래서 드래곤 헤링까지 포함해 가족 모두가 아이스크림콘을 먹었다. 어쨌든 드래곤 헤링 때문에 가족 모두 어려움을 겪었다. 그리고 그날 밤 늦은 시간, 플뢰르가 악몽을 꾸었을 때 우리는 모두 부모님의 품으로 달려갔다. 하지만 드래곤 헤링이 너무 많은 자리를 차지하는 바람에 아빠는 침대에서 밀려나 바닥으로 떨어지고 말았다. 그때였다. 아빠가 괴성을 지르기 시작했다.

"이제 그만해! 난 참을 만큼 참았어! 이건 너무…… 너무…… '지나친 상상'이잖아."

아빠는 미친 사람처럼 머리털을 곤두세우고 가운을 걸친 채 서 있었다.

"도대체 끝도 없잖아."

아빠는 말을 멈추지 않았다.

"너한테 상상 친구가 있는데, 그 상상 친구 남자애한테 또 '상상 친구'가 있다고? 말도 안 돼. 이건 너무 많아. 인

형 안에서 인형이 계속 나오는 것 같잖아! 그림 속에 그
림이 있는 것 같기도 하고! 아니면 바람을 안고 가는 바
람 같거나 파도를 타는 파도 같아. 또는 다른 소설을 묘
사하고 있는 소설을 읽는 것 같기도 하고, 음악이 발로
박자를 맞추면서 '오, 이 음악 너무 좋아!'라는 것 같아."

아무래도 우리는 아빠를 너무 몰아붙인 것 같았다.

하지만 나는 아빠의 상태가 어떤지 생각할 겨를이 없
었다. 아빠가 처음에 내뱉은 말이 자꾸만 마음에 걸렸다.


상상 친구 남자애한테 또 상상 친구가 있다고?


아빠가 무슨 의도로 그렇게 말했는지 알 수 없었지만
나는 가슴이 답답하고 불편한 느낌이 들기 시작했다.

## chapter 13

# 롤러스케이트 타는 카우걸

내가 종이팩 주스의 마지막 몇 방울을 마시고 있을 때는 해가 지고 있었다. 나는 주스를 다 마신 종이팩을 구겨서 놀이 기구 뒤에 있는 종이팩 더미 속으로 던졌다.

나는 그네를 뛰지 않고 그 위에 그냥 앉아 있었다. 머리는 골칫거리와 당분으로 무거워진 느낌이었다. 목장에서 밤새껏 말을 타고 달린 카우보이처럼 어지러웠다.

"얘, 넌 친구가 얼마나 되니?"

그 소리에 나는 고개를 들었다. 내 나이 또래로 보이는 카우걸 차림의 여자아이가 내 앞에 서 있었다. 여자아이는 부츠 대신에 양쪽에 박차(말을 탈 때 신는 구두의 뒤축에

다는 톱니바퀴 모양의 쇠로 만든 물건)가 달린 롤러스케이트를 신고 있었다.

"그런 건 왜 물어?"

내가 투덜거렸다.

"여기 앉아도 되니?"

여자아이가 다른 그네를 가리키며 물었다.

"무엇 때문에 우울한지 말해줄래, 카우보이?"

"싫어, 난 내 여동생에 관해서는 말하고 싶지 않아. 그 애한테 상상 친구가 어떻게 해서 생기게 되었는지 따위의 얘기는 꺼내기도 싫어. 동생은 상상 친구가 생긴 뒤 내게 말 한마디 한 적 없어. 난 그 애들이 다과회를 열든 커플 문신을 하든 전혀 상관 안 해."

내가 대답했다.

"아, 상상 친구 때문이구나. 아주 골치 아프겠는걸."

롤러스케이트를 신은 카우걸이 말했다.

"그래, 계속 말해봐. 힘들어하는 나를 마음껏 조롱해보라고."

내가 또 하나의 종이팩 주스에 빨대를 꽂으며 말했다.

"널 조롱하는 게 아니야. 저쪽에 있는 여자아이 보여?

회전목마를 타고 있는 카우보이 모자를 쓴 여자아이 말이야."

카우걸이 말했다.

나는 그곳으로 고개를 돌려 여자아이를 쳐다보았다. 회전목마는 음악이 끝날 때 딩동댕 소리를 내면서 멈추는 오르골처럼 아주 느렸다.

"저기, 그게 말이야…… 네가 알아야 할 게 있어. 사실은……"

카우걸은 말을 얼버무리다가 마침내 깜짝 놀랄 만한 말을 꺼냈다. 그 말은 나무에 새긴 글자처럼 내 마음에 또렷하게 새겨졌다.

"난 저 여자아이의 상상 친구야."

## chapter 14

# 서로 같은 존재

카우걸이 던진 말은 내 머릿속에서 튀어 올랐다. 가까이 다가가면 튀어 오르는 들판의 귀뚜라미처럼.

"네가 '상상 친구'라고?"

내가 물었다.

"그래, 정말이야."

카우걸이 대답했다.

"거짓말하지 마."

내가 말했다.

"내 말을 믿든 말든 상관없어."

카우걸이 말했다.

나는 눈살을 찌푸렸다.

"잠시 너의 말을 믿는다 치자. 좋아, 넌 상상 속 롤러스케이트를 신은 카우걸이야. 그러면 이런 의문이 들어. 도대체 왜 내가 널 볼 수 있는 거지?"

내가 단호하게 물었다.

카우걸은 잠시 동안 그네에 앉아 롤러스케이트 바퀴를 앞뒤로 굴리면서 곰곰이 생각했다. 나무에 달려 있던 잎들이 우리가 있는 빛과 그림자 속으로 후드득 떨어졌다.

"이런 말을 어떻게 해야 할까?"

카우걸이 말했다.

"개들이 짖는 소리를 들은 적 있지, 그렇지? 그리고 귀뚜라미들이 우는 소리나 새들이 노래하는 소리도 들은 적 있지?"

카우걸이 물었다.

"물론 들은 적 있지."

내가 대답했다.

"그러니까, 우리는 개나 귀뚜라미나 새가 무슨 말을 하는지 못 알아듣잖아. 하지만 작은 새들은 온종일 서로에게 노래를 할 수 있고 귀뚜라미들도 서로의 울음소리를 알아들을 수 있어. 그 이유가 뭘까?"

카우걸이 물었다.

"서로 같은 존재니까 그렇지."

내가 대답했다.

"바로 그거야! 서로 같은 존재니까!"

카우걸이 맞장구를 쳤다.

나는 롤러스케이트를 신은 카우걸을 물끄러미 쳐다보았다. 그러고는 머리를 흔들었다.

"아, 이런! 너 정말, 전혀 모르겠어?"

카우걸이 한숨을 쉬며 말했다.

"뭘 알아야 하는 거야? 네가 제정신이 아니란 사실 말이야? 그래, 그건 분명 잘 알겠어."

내가 따지듯 말했다.

"그럼 한번 물어볼게. 학교 교실에 빈자리가 나면 곧바로 앉은 적 있어? 그리고 차를 피한 적은 있고? 자전거는? 또 네 여동생 말고 네게 말을 걸어준 사람은 있어? 때로는 너 자신을 '보이지 않는 것처럼' 느껴본 적은 없어?"

카우걸이 물었다.

"누구나 가끔은 그렇게 느껴. 안 그래……?"

내가 기어드는 목소리로 대답했다. 그러고는 바로 그네에서 뛰어내려 서둘러 공원을 나왔다.

## chapter 15

# 춤을 추는 먼지

다음 날, 나는 위층 침대에서 얼굴을 찌푸리며 하루를 보냈다. 나는 방을 둘러보았다. 태양이 떠오르고 있었고 빛줄기가 방 안으로 흘러들어왔다. 춤을 추는 먼지로 가득한 빛줄기가 두 개의 창문과 바닥을 이어주고 있었다. 그 순간 왠지 나는 우리 집이 무너지지 않도록 해주는 뭔가가 진짜 있지 않을까 하는 생각이 들었다. 빛줄기도 아니고 못도 아니었다. 눈에 보이지는 않지만 모든 것을 아래에서 받쳐주고 있는 뭔가가 있을 것 같았다.

나는 밤이 될 때까지 계속 그런 생각을 했다. 하늘은 시퍼렇게 어둑어둑해졌고 별빛이 여러 개 보이기 시작했다.

플뢰르가 아래 침대에서 잠이 들 때까지 나는 계속 위층 침대에 그대로 있었다.

"플뢰르, 별들이 무엇으로 만들어졌다고 생각해?"

"몰라."

플뢰르가 졸린 목소리로 대답했다.

어쩌면 우리는 별과 똑같은 물질로 만들어져 있을 것이고, 별들도 우리와 똑같은 물질로 만들어져 있지 않을까. 길을 잃은 모든 것들, 어디에도 속하지 않는 모든 것들로 만들어져 있지 않을까.

엄마가 우리에게 이불을 덮어주려고 방으로 들어왔다. 엄마는 야간 등을 켜고 2단 침대로 다가왔다.

"잘 자라. 빈대에 물리지 말고 푹 자렴."

엄마가 플뢰르의 머리를 쓰다듬으면서 말했다.

"이제 자크한테도 잘 자라고 해주세요."

플뢰르가 말했다.

"잘 자라, 자크. 푹 자렴."

엄마가 말했다.

"빈대에게도 말해야죠."

플뢰르가 우겼다.

"알았어. 잘 들어, 빈대 녀석들아. 자크를 절대 물면 안 돼."

엄마가 웃으며 말했다. 그러고는 플뢰르의 목까지 이불을 푹 덮어주었다. 엄마는 이불 가장자리를 안으로 접어 넣고 플뢰르의 이마에 입을 맞추었다.

"사랑해, 플뢰르."

엄마가 말했다.

"이제 자크한테도 해주세요."

플뢰르가 눈을 감으며 말했다.

"사랑해, 자크."

엄마가 말했다. 그러고는 일어나서 밖으로 걸어 나가 한 줄기 빛만 남겨두고 문을 닫았다.

# 모두 (여전히)
# 자크 파피에를 싫어한다

나는 실험을 한번 해보기로 결심했다.

월요일, 나는 발야구를 하는 운동장 한가운데에 서 있었다. 그곳에 서 있으니 풀 냄새와 하루살이 맛이 났다. 그 자리에서 노래까지 불렀다. 농담이 아니다. 〈존 제이콥 징글하이머 슈미트John Jacob Jingleheimer Schmidt〉(미국의 인기 동요)'의 174번째 소절을 불렀다. 하지만 아무도 쳐다보지 않았다. 하루살이조차도 눈길을 주지 않았다.

화요일, 나는 지리학 수업 시간에 선생님의 책상 위로 올라가 탭댄스를 추었다. 하지만 선생님은 학생들에게 피오르해안을 계속 설명했다. 오로지 피오르해안에 관해서만!

수요일, 나는 점심으로 쟁반 한가득 담은 버터스카치 푸딩을 먹겠다고 구내식당에 있는 사람들과 내기를 했다.

"얘들아, 난 버터스카치 푸딩을 엄청 많이 먹을 수 있어! 나와 내기할 사람 있어?"

하지만 아무도 도전을 하지 않았다. 그래서 나는 부전승으로 이겼다.

목요일, 나는 저녁을 먹지 않고 멀리서 가족이 먹는 것을 지켜보았디. 아빠가 나를 위해 깜짝 선물로 닭고기 한 접시를 내밀었다. 그러고는 (내 생각엔 플뢰르를 위해) 이렇게 말했다.

"자크야, 남김없이 다 먹어라. 네가 가장 좋아하는 음식이잖아."

"자크는 거기에 없어요."

플뢰르가 말했다.

"당연히 자크는 거기에 있어. 늘 그랬듯이 바로 거기에 앉아 있잖아. 안 그러니?"

엄마가 혀를 끌끌 차며 말했다.

결국, 금요일에 나는 징글하이머를 부른 탓에 후두염에

걸렸다. 게다가 벌레에 물린 상처, 복통, 쓸모없는 피오르 해안에 관한 지식으로 몸살까지 앓았다. 그리고 이런 의문까지 생기기 시작했다. 내가 깜짝 선물로 닭고기를 좋아하는 걸까? 정말 그럴까?

평소에 차분하고 아주 침착해서 전혀 도움의 손길이 필요 없던 나, 자크 파피에가 이때부터 공황 상태에 빠지기 시작했다.


··· 편집 노트 ···

지금의 상황을 고려하여 최근에 써놓은 글을 고치기로 했다.

그 글은 이렇게 고쳐놓았으니

여러분이 너그러이 이해해주기 바란다.

자크 파피에.


~~chapter 16~~

~~모두 (여전히) 자크 파피에를 싫어한다~~

## chapter 16

자크 파피에를 싫어하는 사람은 아무도 없을 것이다

(왜냐하면 자크가 존재하는지 아무도 모를 테니까)

## chapter 17

# 파도가 밀려오는 느낌

"네가 다시 돌아올 거라 생각했어."

롤러스케이트를 신은 카우걸이었다. 카우걸은 공원에서 그네를 타고 있는 내 옆에 또 앉았다.

"너와 말하고 싶지 않아. 네가 아니었다면 난 아무것도 몰랐을 거야. 이제는 모든 것이 의심스러워. 하나부터 열까지 다 모르겠어! 난 닥스훈트만도 못한 것 같아!"

좀 지나치다는 생각은 들었지만 다른 사람 탓으로 돌리니 한결 기분이 좋았다.

"그렇다면 네가 누구인지 이제 알겠어?"

카우걸이 물었다.

"하지만 내 침대가 있어. 식탁에 내 자리도 있고, 또 자동차에 내 좌석도 있어."

내가 따지듯 설명했다.

카우걸은 그냥 고개만 끄덕였다. 그리고 병 속에 갇힌 반딧불이 미친 듯이 빛을 내뿜듯이 내가 생각을 마구 내뱉도록 내버려두었다.

"난 냉장고에 붙여놓은 내 그림도 있어. 하지만 플뢰르가 늘 도와주었던 것 같아. 잠깐! 맞아. 난 해마다 생일 파티를 했어. 물론 우리는 쌍둥이라서 플뢰르의 파티가 되기도 했어. 그리고 우리는 늘 케이크를 나눴는데……."

그 순간 나는 머리를 푹 숙이고 말았다. 그리고 숨을 몰아쉬며 소리쳤다.

"심장마비가 오는 것 같아! 구급차를 불러줘, 경찰을 불러. 심장 제세동기를 가져오라고 해!"

"그렇게 안달복달하지 마. 편하게 숨을 쉬어봐. 사실 그렇게 나

쁜 상황은 아니야."

카우걸이 나를 진정시키려고 애쓰며 말했다. 그러고는 내 등을 문질렀다.

"그렇게 나쁜 상황이 아니라고? 어제까지 난 그저 평범한 소년이라고 생각했어. 그런데 지금 난 뭐지? 이 세상 사람이 아닌 거야? 아무런 형태가 없어? **보이지 않는 존재냐고?**"

내가 벌겋게 상기된 얼굴로 카우걸을 올려다보며 말했다.

"진실은 말이야, 상상이든 아니든 네가 느끼는 만큼만 보이지 않는 거야."

카우걸이 말했다.

"글쎄, 난 공기 같은 느낌이 들어. 바람 같은 느낌도 들고. 또 모래로 만들어진 느낌도 들고, 파도가 밀려오는 느낌도 들어."

내가 작은 목소리로 대꾸했다.

## chapter 18

# 존재의 위기를 겪는 나,
## 자크 파피에

나는 매우 우울해졌다.

뭐, 솔직히 말하면 그 정도가 아니다. 나는 우울한 정도를 넘어섰다. 내 마음은 우울하다 못해 점점 시커멓게 변했다. 마음이 밑바닥까지 추락해서 까마득한 우주나 새까맣게 타버린 모닥불, 아니면 지하 감옥에 사는 용의 시커먼 콧속 색깔로 변했을 것이다.

나는 침대로 들어갔다. 그러고는 전혀 움직이지 않았다. 씻지도 않았다. 음식을 먹을 생각도 없었고 밤에 가족들의 종이접기 놀이에 참여하지도 않았다. 종이접기가 뭐가 중요할까? 상상 속의 사람들은 상상의 종이 백조를 접는 것뿐인데.

물론, 플뢰르는 나를 걱정했다.

"난 누가 무슨 생각을 하든지 상관 안 해. 넌 내게 진짜야."

플뢰르가 말했다.

"그래, 좋아. 하지만 플뢰르, 난 무엇으로 만들어진 걸까? 절대 만질 수 없고 볼 수도 없잖아."

내가 물었다.

"사실 세상에는 만질 수 없거나 볼 수 없는 것들이 많아. 음악과 희망, 그리고 중력이 있어. 아, 전기도 있었네! 또 느낌, 침묵도 있고."

플뢰르가 대답했다.

"그래? 정말 멋지다. 행복한 날이야. 모든 게 해결됐어. 물론 내 말은, 넌 꽃과 달과 공룡과 같은 눈에 보이는 물질로 만들어졌다는 뜻이야. 그런데 난 **중력**과 같은 거지? 완벽하네. 대단해. 내가 뭘 걱정했던 걸까?"

나는 아무렇게나 말을 내뱉었다.

플뢰르는 나를 빤히 쳐다보았다. 그리고 두렵거나 혼란스럽거나 막 눈물이 나오려고 할 때 그랬던 것처럼 아랫

입술을 꽉 깨물었다.

"네가 기운 차릴 수 있게 우리가 뭘 좀 해보면 어떨까?
네 소원 목록을 실천해보자."

플뢰르가 부드럽게 말했다.

그러고는 책상으로 가서 서랍을 열어 죽기 전에 꼭 해
보고 싶은 것들을 적은 내 버킷 리스트를 꺼냈다.

"이게 좋겠어. 프랑수아 밥그릇에 훈련된 닌자 전갈을
올려놓는 거야."

플뢰르가 목록을 적어둔
종이를 가리키며 말했다.

나는 대답 대신 끙끙거리며
머리까지 이불을 덮었다.

"아니면, 프랑수아가 잠이 들면 프랑
수아 집을 나무에 올려두는 거야. 그
러면 잠에서 깨어난 프랑수아가
얼마나 당황해하는지 볼 수 있
잖아. 아니, 3번이 재밌겠어. 프
랑수아를 아기로 분장시켜서
고아원 계단 위에 놓아두자.

아기 옷을 어디서 구할지 잘 모르겠지만⋯⋯."

플뢰르가 계속 소원 목록을 읽었다.

"플뢰르! 그냥 잊어버려, 알았어? 아무것도 도움이 되지 않아. 마음이 터질 듯 아프고 어떻게 할 수 없지만 하소연할 수가 없어."

내가 소리쳤다.

"왜?"

플뢰르가 물었다.

"왜냐하면 난 상상 친구에게 마음이 있는지조차 잘 모르겠으니까."

내가 대답했다.

## chapter 19

# 냄비와 프라이팬과
# 우리의 모든 어리석은 삶

나는 사실 상상의 마음이 있다면 그것이 어떻게 터질까 그려보려고 했다. 겨울 장갑에 조그만 구멍이 난 것처럼 보일까, 아니면 터진 풍선처럼 보일까? 달리기하고 난 뒤의 결승선 리본 같아 보일까, 아니면 더 이상 시간을 알려줄 수 없는 부러진 시곗바늘로 보일까? 툭 끊어져버린 밴조(미국의 현악기)의 줄로 보일까, 아니면 자물쇠 안에서 부러진 열쇠처럼 보일까?

나는 이런저런 생각을 떨쳐버리려고 주방에 있는 플뢰르와 부모님을 지켜보았다. 플뢰르도 무슨 괴로운 문제를 말하고 있는 것 같았다. 플뢰르의 목소리가 이상하게 들렸다. 그 소리는 마치 코 위에서 균형을 잡으며 서커스를 하고 있는 단어들이 금방이라도 땅에 떨어져 산산조각이 날까 두려워하는 것처럼 들렸다.

"자크가 상상 친구라면, 자크가 전혀 몰랐는데 이제 알게 되었다면 어쩌면 나도 상상 친구일 거예요. 아빠와 엄마를 포함해 우리 모두가 상상 속 존재일 거라고요. 냄비, 프라이팬, 천장, 하늘, 날씨, 풀, 그리고 우리의 어리석은 삶 모두가 상상일 거예요!"

플뢰르가 말했다. 그러고는 닥스훈트 프랑수아를 가리켰다.

"프랑수아도 상상의 개가 아닐까요?"

플뢰르는 바닥에 엎드려 자신의 코를 프랑수아의 코에 갖다 댔다.

"너는 진짜니?"

플뢰르가 프랑수아에게 소리쳤다.

"정말, 맞아? 대답해봐!"

플뢰르는 미쳐가는 것 같았다. 프랑수아에게 하는 행동을 보면 그렇게 보였다. 제정신이라면 닥스훈트 같은 불쾌한 녀석을 어떻게 상상 속 존재로 여길 수 있겠는가?

그날 밤, 부모님은 우리를 기분 좋게 해주려고 재미있는 뮤지컬 공연에 데려갔다. 이윽고 무대 위에서 특이한 동물들을 데리고 공연하는 사람들이 다소 우스꽝스러운 캉캉 춤을 추고 있을 때였다. 플뢰르가 갑자기 자리에서 일어나 통로를 따라 걸어가더니 무대 위로 올라갔다.

"저 애 우리 딸 아네요? 도대체 저 아이가 뭘 하고 있는 거죠?"

엄마가 중얼거렸다.

"내가 어떻게 알겠어요?"

아빠가 속삭였다.

플뢰르는 무대 중앙에서 다리를 벌리고 팔짱을 낀 채 나무처럼 꼿꼿이 서 있었다. 다행히도 하마와 원숭이와 악어를 다루는 배우들은 정말 프로들이었고 그런 만큼 쇼를 계속 진행해야 한다는 책임감을 느끼고 있었다. 그래서 배우들은 공연을 무사히 마치기 위해 플뢰르를 무시한 채 춤만 추었다.

"이제 알겠지? 나도 상상의 존재라고. 내가 무대 위로 올라가도 아무도 알아채지 못했잖아."

집으로 돌아오는 자동차 안에서 플뢰르가 말했다.

엄마는 두통 때문에 알약을 두 개나 먹었다.

"이제 더 이상 그러지 마라, 플뢰르."

엄마가 단호하게 말했다.

플뢰르는 엄마의 말에 따르기로 했다. 하지만 바로 다음 날 아빠는 일을 하다가 경찰의 연락을 받고 가게를 나섰다. 내가 파충류 우리에서 카멜레온이 위장하는 모습을 지켜보고 있는 사이 플뢰르가 동물원을 돌아다니다가 고릴라 우리로 올라갔던 것이다.

"플뢰르가 다쳤나요?"

동물원 관리 사무소에 도착한 부모님이 너무 놀라 물었다. 플뢰르는 그곳에서 담요를 덮고 뜨거운 코코아를 마시고 있었다.

"다치다니요? 고릴라는 나를 알아보지도 못했어요! 분명 내가 보이지 않으니까요."

플뢰르가 소리쳤다. 그러고는 사무소를 씩씩하게 걸어 나와 자동차로 향했다.

"운이 좋은 아이입니다."

고릴라 사육사가 머리를 흔들며 부모님에게 서명할 서류를 건네면서 말했다.

"저 아이가 보지도 듣지도 못하는 고릴라 퍼넬러피 우리로 올라갔거든요."

## chapter 20

# 인어 인형과 말 인형의 대화

"이 인형들은 집에서 뭘 하고 있는 거예요? 가게에 있
어야 하지 않아요?"

플뢰르가 물었다.

"글쎄, 자녀 양육에 관한 책을 보니까 때로는 우리가 서
로 이야기를 나눌 때 인형을 사용하는 것이 도움이 된다
고 하더구나."

아빠가 팔에 인형 줄을 가득 감고서 말했다.

"무슨 이야기를 나눌 때 말이에요?"

플뢰르가 물었다.

"아, 어떤 이야기든 다 좋단다. 학교나 취미, 아니면 너

와 너의 사랑하는 사람들이 상상 속에 존재한다는 강박
적이고 비이성적인 두려움 같은 그런 이야기 말이야."

아빠가 대답했다.

엄마는 눈치를 보고 있었다. 분명 이 방법은 아빠의 생
각이었다. 우리는 아빠가 손에 말 인형을 들고 있
고 플뢰르에게는 인어처럼 보이는 인형을 건네
주는 것을 보았다.

"안녕, 잘 지내니? 오늘 기분이 어떠니?"

아빠가 최대한 말 울음소리 흉내를 내며
말했다.

플뢰르는 마지못해 손에 인어 인형을
끼웠다.

"기분은 좋아요. 오늘 난 난파선 속을
헤엄쳤어요. 그곳에서 찻주전자
에 살고 있는 물고기를 만났죠. 또
불가사리에게 소원을 빌었어요. 그
리고 오징어 먹물을 사용해서 편지도
썼어요."

플뢰르가 대답했다.

"아, 이런."

아빠가 다시 아빠 목소리로 말했다.

"인어인 척하는 게 아니구나. 네 목소리로 말하잖니, 플뢰르. 인형은 그냥…… 어…… 잠깐만 기다려."

아빠는 손에서 말 인형을 벗기고 자녀 양육에 관한 책을 넘기면서 책장 모서리가 접힌 부분을 중얼거리면서 훑어보았다.

"아, 제발!"

엄마가 말했다. 그러고는 플뢰르의 눈높이를 맞추려고 무릎을 꿇었다.

"플뢰르, 우리가 정신과 의사 선생님과 약속을 해두었어. 검사를 하거나 주사를 맞는 일은 없을 거란다. 그냥 대화만 할 거야. 그리고 우리도 함께 갈 테고."

"자크도 갈 수 있어요?"

플뢰르가 곰곰이 생각에 잠겼다가 물었다.

"물론이지, 분명 의사 선생님도 자크를 만나고 싶을 거야."

엄마가 이를 악물고 대답했다.

"자크가 상상 친구를 데려가도 되요? 그레이트 드래곤

헤링 말이에요."

플뢰르가 물었다.

"물론이지. 좋아. 뭐든지. 난 좀 누워 있을게."

엄마가 눈을 감으며 말했다.

"잘됐네요. 하지만 솔직히 말하면 그건 모두 시간 낭비인 것 같아요. 그러니까, 내가 상상의 존재라는 사실을 분명히 보여줬잖아요. 아니, 분명……."

플뢰르가 말했다. 그러고는 인어를 끼운 손을 사용하여 프라이팬을 들었다.

"이 인어가 프라이팬으로 내 머리를 친다고 해도 난 아무 느낌이 들지 않을 거예요."

플뢰르가 계속 말했다.

"준비됐죠?"

아빠는 자녀 양육에 관한 책에 정신이 팔려 있었고 엄마는 눈을 감고 있었다.

"하나, 둘……, 셋……."

플뢰르가 숫자를 셌다.

## chapter 21

# 미스터 피티풀

부모님은 결국 플뢰르를 데리고 응급실로 갔다. 다음 날에는 나를 포함한 가족 모두가 정신과 의사를 찾아갔다.

어린이를 진료하는 스테판 선생님은 한눈에도 상상 친구가 있는 어린이를 치료하는 의사처럼 보였다. 나는 스테판 선생님의 자격증을 보여달라고 청할 생각이었다. 하지만 그럴 기회가 없었다. 플뢰르의 순서가 되었을 때 의사 선생님은 인정머리 없게 나를 대기실에 남아 있게 했다.

가족이 진료실로 들어간 뒤였다. 슈퍼맨 복장을 한 소년이 나를 훑어보고 있었다. 그 소년은 안경을 썼고 스파

게티처럼 팔이 가늘고 길었다.

"처음이니?"

슈퍼맨 복장의 소년이 물었다. 그러고는 아기 담요 같은 슈퍼맨의 망토를 꽉 잡고 초조해 보이는 작은 소년 옆에 앉았다.

"난 미스터 피티풀이야. 슈퍼맨 같은 영웅이 되기에는 아직 부족하고 그냥 평범해. 난 아널드의 상상 친구야."

미스터 피티풀이 옆에 있는 소년을 가리켰다. 그 소년은 알아들을 수 없는 말로 중얼거리고 있었다.

"아널드는 궁금해하고 있었어. 너와 함께 있는 소녀가 왜 여기에 왔는지 말이야."

미스터 피티풀이 말했다.

"사실, 그 애는 내 여동생이야. 그 애도 자신이 상상의 존재라고 생각하기 때문에 이곳에 온 거야."

내가 잠시 말을 멈추었다가 재빨리 말을 이었다.

"또 여동생은 최근에 뮤지컬을 보러 갔다가 무대에 올라갔고 고릴라 우리 속에도 들어갔어. 그리고 프라이팬으로 자기 머리도 때렸고."

"알겠어."

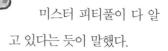

미스터 피티풀이 다 알고 있다는 듯이 말했다.

"아널드는 자신이 용감하지 않다고 생각했어. 그래서 나와 함께 차고 지붕에서 뛰어내리려고 했기 때문에 이곳에 오기 시작한 거야. 훌륭한 스테판 의사 선생님은 '때로는 상상의 문제가 실제 문제보다 더 견디기 어려운 일'이라고 하셨어."

나는 대기실에 있는 다른 상상 친구들을 둘러보았다. 롤러스케이트를 탄 카우걸을 만난 이후 처음 본 상상 친구들이었다. 덩치가 크고 털이 듬성듬성 나 있는 괴물이 작은 소녀와 함께 잡지를 읽고 있었다. 그리고 한쪽 구석에는 소년과 함께 무술을 하는 닌자가 있었다. 또 붉은 양말처럼 생긴 상상 친구도 있었는데(적어도 내 눈에는 분명 그렇게 보였다) 다른 사람들과 좀 떨어진 곳에서 지저분해 보이

는 한 소년과 불안해 보이는 아주
깔끔한 부모와 함께 앉아 있었다.

"저기!"

내가 그 붉은 양말에
게 몸을 숙이며 말했다.
그런데 그 양말한테서 늙
은 고양이와 오거(이야기 속에
나오는 사람을 잡아먹는
괴물)의 발 냄새가 나
는 것 같았다. 또 끈적끈적한 달팽이와 피라미 입김 냄새
가 나는 것 같기도 했다.

"너…… 상상 양말이니?"

내가 물었다.

"아니, 난 미트볼 샌드위치야."

붉은 양말이 화가 난 표정으로 대답했다.

"여기서 뭘 하고 있는 거니?"

내가 물었다.

악취 나는 양말은 내 질문에 놀란 듯 보였다.

"너 정말 내 얘길 듣고 싶은 거야?"

"그래, 물론이야."

내가 대답했다.

그래서 악취 나는 붉은 양말은 톡 쏘는 듯한 냄새가 나
는 자리에서 짧지만 냄새가 심하게 나는 자기 이야기를
들려주었다.

## chapter 22

# 악취 나는 양말의
# 짧지만 심하게 냄새 나는 이야기

"난 세상에서 가장 지저분한 꼬마의 상상 친구야. 그런데 불행하게도 그 아이는 세상에서 가장 깔끔한 부모를 두었어."

악취 나는 양말이 자랑스럽게 말을 이었다.

"넌 그런 부모를 본 적도 없을 거야. 그 소년의 엄마는 청소할 때 그냥 먼지 뭉치를 털어내는 정도가 아니야. 아예 먼지 **사냥**을 해. 그러고는 아주 **없애버리지**. 소년의 아빠는 어떤지 알아? 가족의 옷과 잘 어울리는 음식만 먹어. 월요일에는 초록색, 수요일에는 빨간색, 그리고 일요일에는 최악의 역겨운 갈색 음식을 먹어. 또 가족이 듣는 음악은 행진곡뿐이야. 비밥 같은 색다른 곡은 전혀 없고 느닷없이 형편없는 드럼 곡만 들을 때도 있어. 그래도 내 친구는 끝없이 집 안을 어지럽히고 계속 고함을 질러대고 있지. 글쎄, 때로는 그런 이유로 우리가 잘 어울린다는 생각이 들기도 해."

악취 나는 양말이 계속 말했다.

"우리는 만나기만 하면 악취 나는 역겨운 쓰레기 더미가 가득하도록 집 안을 엉망으로 만들었지. 넌 그런 광경을 한 번도 본적이 없을 거야. 우리는 쓰레기를 식탁 아래에, 깨끗한 세탁물 속에, 심지어 엄마의 지갑 속에도 집어넣었어. 아빠와 엄마는 계속 이렇게 소리 질렀어. '이게 무슨 냄새야!? 고래 트림 냄새나 수염 부스러기 냄새 같은데. 퀴퀴한 꿈 냄새나 곰팡이가 핀 우유 스튜 같은 냄새 같기도 하고. 또 이 냄새는…… **더러운 양말 냄새 같아!**' 그럴 때 소년과 난 신나게 웃었어. 그들 눈에는 내가 보이지 않겠지만 우리가 만들어놓은 쓰레기는 무엇이든 냄새가 풀풀 풍겼어."

악취 나는 양말의 이야기는 계속 이어졌다.

"그런데, 슬프게도 결국 우리는 그런 장난 때문에 헤어지게 되었어. 소년의 깔끔한 부모님은 그런 역겨운 냄새가 나는 집에 더 이상 살 수가 없었던 거야. 그래서 짐을 챙기고는 나만 남겨둔 채 소년을 데리고 멀리 떠나버렸어. 역겨운 냄새가 나는 집에 혼자 남은 나는 그 집 문에 박힌 저주받은 표지판 같았어. '집을 팝니다'라는 표지판 말이야. 내 친구는 어떻게 되었느냐고? 그 소년은 떠날 때 슬프게도 세상에서 가장 화려하고 번쩍거리는 자동차의 뒤쪽 창문으로 손을 내밀고 흔들어주었어."

악취 나는 양말이 계속 말했다.

"소년의 부모님은 내가 사라졌다고 생각하고 아주 기뻐했어. 새 집은 바닥에 빵 한 조각도 달라붙어 있지 않을 만큼 깨끗했지. 그런데 어느 날 난 그 집에 도착했어. 마침내 내가 해냈던 거야. 수개월이 걸렸지만 난 길을 따라 이전보다 더 악취가 나는 곳으로 찾아갔어. 그렇게 해서 우리는 결국 이곳 병원에 오게 됐지. 소년과 그의 상상 친구 양말과 결벽증에 걸려 어찌할 바를 모르는 소년의 부모님이 한자리에 모인 거야."

## chapter 23

# 초대

나는 잡지를 보려고 책꽂이로 갔다가 진료실 문을 통해 의사와 플뢰르의 상담 내용을 들을 수 있다는 걸 깨달았다. 그 내용을 엿듣는 게 잘못이었을까? 그렇다. 그것은 비윤리적이고 주제넘은 짓이다. 그런 행동은 누군가의 일기를 훔쳐보거나 더러운 빨래를 파헤쳐놓거나, 또는 (프랑수아가 흔히 저지르는) 쓰레기를 먹는 일과 같다. 그렇더라도 어떻게든 문에 귀를 바짝 갖다 대고 무슨 말을 나누는지 엿듣고 싶지 않을까?

물론 나는 엿들었다.

"플뢰르, 자크에 대해서 말해볼래?"

그 목소리는 스테판 의사 선생님 같았다.

"무슨 말부터 해야 할지 모르겠어요. 자크는 온갖 종류의 용을 그릴 줄 알아요. 그리고 일 분 동안 거의 열두 개의 단어를 타이핑할 수 있어요. 또 대통령의 애완동물 이름을 죄다 알아요. 자크는 딸꾹질은 전혀 안 해요. 그리고 내게 잔디밭에 누워 코를 풀에 가까이 대고 주위를 둘러보는 법도 알려주었어요. 그렇게 하면 처음 보는 벌레들과 이상한 냄새로 가득한 다른 행성에 와 있는 것 같은 기분이 들어요."

플뢰르가 대답했다. 그러고는 잠시 멈추었다가 말을 이었다.

"그리고 또, 자크는 나 외에 다른 친구들은 없어요. 그래서 자크가 힘들어할 것 같아요."

"그래서 너도 상상의 존재이기를 바랐던 거니? 그러면 자크가 외롭지 않을 거라고 생각한 거야?"

스테판 의사 선생님이 물었다.

나는 더 이상 상담 내용을 엿듣지 않았다. 그 질문에 관한 대답은 이미 알고 있다고 확신했기 때문이다.

"야, 새로운 친구. 우리 모임에 끼지 않을래?"

미스터 피티풀이 말했다.

"어떤 모임이니?"

내가 물었다.

"'상상 아무개'라는 모임이야. 이름도 정체도 알 수 없는 온갖 상상의 존재가 모인 모임이지."

미스터 피티풀이 대답했다.

"상상 아무개라고? 모임 이름이 아주 애매한 것 같아."

내가 말했다.

"서로 도움을 주는 모임이야. 어려움을 겪는 상상 친구들을 위한 모임이지. 때로는 너와 비슷한 처지의 상상 친구들을 만나는 것도 좋을 거야."

악취 나는 양말이 설명했다.

나는 사실 나와 비슷한 존재들, 실제 사람들이 아닌 보이지도 들리지도 않는 존재들과 어울린 적은 없었다. 어쩌면 날 이해해주는 이들이 있지 않을까. 겨울에 눈 더미 속에서 함께 뒹구는 낙엽들이라도. 아니면 구석이나 서랍의 뒤쪽에서 새벽에 모이는 시커먼 먼지들이라도.

"나도 낄게. 어디로 가면 되니?"

내가 말했다.

## chapter 24

# 상상 아무개 모임

*"상상이든 아니든*

*내가 느끼는 만큼 보이지 않을 뿐이야."*

나는 뒤뜰에 있는 분홍빛 장난감 집에 앉아 있었다. 그리고 상상 아무개 모임의 회원들과 손을 잡고 모임의 구호를 반복해서 외치고 있었다.

"누가 먼저 이야기를 들려줄래?"

악취 나는 양말이 물었다.

한 거대한 상상 친구가 조심스럽게 손을 들었다.

"안녕. 내 이름은 '에브리싱'이야. 난 지금까지 약 이 년 동안 상상 친구로 지내왔어."

"안녕, 에브리싱."

모두가 일제히 인사를 했다.

에브리싱은 이름 그대로 모든 것이었다. 단추, 낡은 신발, 연, 바나나 껍질 등 모든 것으로 이루어져 있었다.

"난 작년에 내가 상상 친구란 사실을 알게 되었어."

에브리싱이 계속 말했다.

"그때 난 고양이의 털을 깎은 일로 비난을 받고 있었어. 가장 친한 친구가 나를 비난했지만 난 괜찮았어. 그 친구처럼 외출 금지당할 일이 없었기 때문이야. 하지만 친구의 부모님은 매우 화가 났어. 그런데 그들은 고양이의 털을 깎은 건 내 잘못이 아니라고 했어. 난 상상 친구이고 상상 친구는 고양이의 털을 깎을 수 없기 때문이라고 하더라고."

"그때 넌 기분이 어땠니?"

악취 나는 양말이 물었다.

"기분 나빴어. 그리고 슬프기도 했고. 내 운명을 스스로 통제할 수 없다는 생각도 들었어. 그건 내가 고양이 털을 깎고 싶다는 기분과는 달랐어. 하지만 내가 아직도 고양이 털을 깎고 싶은지는 잘 모르겠어."

에브리싱이 말했다.

모두가 이해한다는 듯 고개를 끄덕였다. 그 모임에는 다른 상상 친구들도 있었다. 하마 머리가 달린 오렌지 빛깔의 통통한 새와 등에 조그마한 날개가 달린 자줏빛 털북숭이 괴물이 있었다. 또 미스터 피티풀도 있었고 구석에 숨어 있는 그림자 형체도 있었다. 그리고 반갑게도 롤러스케이트를 탄 카우걸도 있었다.

"또 만나는구나, 친구. 네가 결국 심장 제세동기 없이도 진실을 알아내려고 직접 부딪칠 거라 생각했어."

카우걸이 웃으면서 말했다. 그러고는 모두가 모여 있는 쪽으로 몸을 돌렸다.

"내 이름은 롤러스케이트를 타는 카우걸이야. 내가 기억하는 한 난 상상 친구로 살았어. 그런데 최근에 많은 생각이 들었어. 그러니까…… 마지막 말이야."

회원들 사이에서 웅성거리는 소리가 들렸다.

"내 친구는 점점 자라고 있어."

카우걸이 계속 말했다.

"나와 함께 살고 있는 어린 소녀 말이야. 우리는 함께 스케이트를 타고 세상 곳곳을 돌아다니는 척하곤 했어. 그럴 때마다 아주 신났지. 우리는 노란 꽃들이 핀 들판으로 스케이트를 타고 다니면서 꽃을 고르고 꽃다발을 만들었어. 그리고 스케이트를 타고 화산으로 올라가기도 하고, 바닷속에 들어가 협곡과 해조류 숲을 지나기도 했지. 고래 등 위에도 올라갔고. 그런데 어느 날 모든 것이 바뀌고 말았어. 우린 스케이트 타는 것이 점점 줄었고 최근에는 전혀 타지 않았어. 어제는 소녀의 엄마가 낡은 인형들을 기부하면서 이렇게 말했어. '얘야, 이 스케이트 아직도 사용하니? 꽤 녹이 슬었구나.' 그러자 내 어린 목동은 '이제 필요 없어요. 스케이트 탈 나이는 지났는걸요'라고 하더니 스케이트를 던져버렸어! 이렇게 '획'. 그래서 세상 곳곳을 누비던 우리 여행은 끝이 난 거야."

## chapter 25

# 달빛

"일부는 이미 알고 있겠지만 우리 모임에 새 식구가 생겼어. 그 친구 이름은 자크 파피에야. 자크, 네가 왜 여기에 왔는지 말해줄래?"

악취 나는 양말이 말했다.

"저, 나는 사실 여기에 없어. 그래서 내가…… 여기에 있는 거야."

내가 말했다.

"아, 무슨 말인지 너무 어려워."

에브리싱이 말했다.

"사실, 난 무슨 소용이 있을까라는 생각도 들어."

내가 말하기 시작했다.

"그러니까, 난 진짜 사람이라고 생각하면서 팔 년을 살았어. 그러다가 진실을 알게 되었지. 그리고 그 진실에 대해 생각해보니까 난 누군가의 상상 오빠가 되고 싶지 않다는 걸 느꼈어. 난 진짜 사람이 되고 싶은 생각이 들어."

에브리싱이 손을 뻗어 내 손을 토닥거렸다.

"진짜로 존재하지 않는다고 해서 네가 '진짜'가 아닌 게 아니야."

에브리싱은 심장이 있을 것 같은 자신의 거대한 가슴을 가리켰다. 하지만 사실은 오래된 우유 팩의 그림을 가리키고 있었다.

그 말을 듣고 내가 설명했다.

"그건 지구와 달의 경우와 비슷하다고 생각해. 달빛은 일종의 착시 현상이야. 실제로는 거울에 반사되는 것처럼 태양에서 오는 빛이 반사되는 것뿐이니까. 우리는 그 달과 같아. 우리를 상상하는 사람들이 없다면 빛이 없는 어둠일 뿐이지. 네가 원하는 게 이런 말이니? 난 그렇지 않아. 그 이상을 원해. 난 자유롭고 싶어."

## chapter 26

# 우글리부글리

상상 아무개 모임이 끝난 후, 나는 혼자 오래된 쿠키를 먹고 포도주스 한 잔을 마시고 있었다. 그러면서 내가 들은 이야기와 내가 직접 말한 내용까지 완전히 이해하려고 애썼다. 그런 생각에 정신이 팔린 나머지, 시커먼 먹구름이 다가와 주위가 어두워진 사실도 알아채지 못했다.

"안녕!"

그 소리는 마치 녹슨 자전거를 탈 때 들리는 소음 같았다.

나는 위를 올려다보았다. 그와 동시에 쿠키를 삼키려다 목이 막혀 그만 기침을 하고 말았다. 쿠키 부스러기가 내 앞에 있는 어두운 형체로 튀었다. 하지만 그 형체는 기분 나빠하지 않고 아무렇지도 않은 듯 부스러기를 털어냈다.

"난 우글리부글리야."

어두운 형체가 말했다. 녹슨 자전거 같은 목소리가 영국식 발음으로 들렸다.

우글리부글리는 어떤 모습이라고 표현하기가 어려웠다. 내 어휘가 부족하기 때문이 아니라 우글리부글리가 한 가지 특징만 띠고 있지 않기 때문이었다. 사실, 우글리부글리의 몸은 연기가 피어오르듯 이리저리 왔다 갔다 했다. 그리고 썩은 돌능금 같은 사마귀가 잠깐 생겼다가 바뀌더니 어느새 귀에서 거미가 기어 내려오고 있었다. 우글리부글리의 코털은 달팽이처럼 끈적끈적한 벌레들이 사는 곳처럼 보였다. 그런데 또다시 모습이 변하더니 소용돌이치는 눈과 까마귀 부리처럼 생긴 이빨과 검은 먹구름처럼 생긴 수염이 생겼다.

"넌 도대체 뭐니? 너도 정말 누군가의 상상 친구인 거야?"

내가 물었다. 누군가가 우글리부글리를 일부러 상상했다는 사실이 전혀 믿기지 않았다. 이 녀석과 비교하면 고약한 닥스훈트 프랑수아는 다 식어버린 수프처럼 위협적인 존재가 아니었다.

"아, 너도 날 알 거야."

우글리부글리가 불안할 정도로 얼굴을 내게 너무 가까이 갖다 대면서 말했다.

"난 옷장 속 괴물이야. 어떤 사람은 나를 침대 밑에 사는 괴물이라고 하지. 어떤 때에는 귀신처럼 한밤중에 불쑥 나타나기도 해. 솔직히 난 아주 나쁜 놈은 아니야. 그냥 그렇게 상상되었을 뿐이지."

"'놈'이라고 말한 거야?"

내가 물었다.

"왜? 적절한 말이 아니야?"

우글리부글리가 약간 불안해하며 물었다. 그리고 목소리도 갑자기 다르게 들렸다.

"너 **일부러** 영국식 발음으로 말하는 거니?"('놈'을 뜻하는 'bloke'의 발음이 미국과 영국 발음이 약간 다름)

내가 물었다.

"어쩌면……. 그렇게 하면 더 무서울 것 같아서 말이야."

우글리부글리가 대답했다.

"무서운 것 같긴 해. 그리고 무서운 건 정말 **나쁜** 거야."

내가 말했다.

우글리부글리와 나는 잠시 동안 아무 말도 하지 않고 서로 빤히 쳐다보았다.

"이런, 시간이 벌써 이렇게 되었네. 저, 이야기 나눠서 즐거웠어. 이제 가야 해. 집으로 돌아가 오븐으로 도넛 모양의 케이크를 구워야 해……."

내가 서둘러 말했다.

그러자 우글리부글리가 거무칙칙한 발을 내밀며 나를 막아섰다.

"넌 뭔가를 찾으려고 모임에 들어온 것 같아. 하지만 상냥하고 순진한 회원들한테서는 그걸 찾을 수 없을 거야."

우글리부글리가 말했다.

"그러면 넌 찾아줄 수 있어?"

내가 물었다.

"난 찾아줄 수 있어. 자유로워지는 법을 알고 있지. 진짜가 되는 법도 알고 있고. 너한테 말해줄 수 있지만 공짜로는 안 돼."

우글리부글리가 내 코를 톡톡 두드리면서 말했다. 그러자 내 등골이 오싹해지는 느낌이 들었다.

"사실 난 돈이 하나도 없어. 용돈도 직업도……."

내가 변명하려고 했다.

"그건 어때?"

우글리부글리가 내 주머니를 가리키면서 물었다.

나는 주머니에 손을 집어넣어 나침반을 꺼냈다. 그 나침반은 위대한 모리스 씨가 플뢰르에게 준 선물이었다.

어차피 깨어졌기 때문에 나는 이 쓸모없는 나침반을 우글리부글리에게 건네주었다.

나는 생각했다. 괴물이든 무엇이든 간에 죽는 한이 있어도 녀석의 말을 꼭 들어야겠다고.

결국 우글리부글리는 내가 바라는 대로 했다. 몸을 숙여 내 귀에 대고 거미줄로 뒤덮인 비밀을 속삭였던 것이다.

## chapter 27

# 나의 지도

그날 저녁, 플뢰르가 마침내 나를 찾았을 때 나는 침실 바닥에 있었다. 아이스크림선디 위에 과일 조각을 너무 많이 뿌린 것처럼 내 무릎 위에는 온통 크레용이 쌓여 있었다.

"뭘 그리고 있는 거니?"

플뢰르가 물었다.

바닥에는 우리가 함께 만들어놓은 지도가 펼쳐져 있었다. 그런데 내가 그 지도에 바닷가에서 멀리 떨어진 섬 하나를 추가로 그려 넣었다. 그 섬은 그리 크지는 않았지만 너무 작지도 않았고 확실히 멋진 느낌이 들었다.

"내 섬이 필요한 것 같아서 그려 넣은 거야. 이름은 '나의 섬'이야, 너만 괜찮다면."

내가 말했다.

"하지만 거기엔 아무것도 없잖아."

사실 플뢰르의 말이 옳았다.

"그래, 아직 그곳에 뭐가 있는지 모르겠어. 대략 몇 가지는 만들어낼 수 있지만 명확한 것은 없어. 그래서 내 섬이 좋아. 무엇이든 그곳에서는 가능하니까. 아, 어쩌면 드래곤 헤링도 있을 거야. 우주먼지도 있을 테고, 또 구름루트비어플로트와 우리가 먹을 미트로프도 있을 거야."

내가 설명했다.

"그곳에는 어떻게 갈 건데?"

플뢰르가 물었다. 그리고 덧붙여 말했다.

"섬으로 가는 건 어려울 거야. 배나 비행기나 잠수함이 필요하겠네."

"방법은 있어. 우글리부글리가 내게 자유로워지는 방법을 알려주었거든."

내가 말했다.

그러자 플뢰르가 뿌루퉁해졌다.

"난 그게 누군지도 몰라. 그런데 넌 자유롭지 않은 거야?"

플뢰르가 서운한 듯 물었다.

그것은 매우 철학적인 질문이었다. 내가 나름대로 많이 생각했던 문제이기도 했다.

"이렇게 생각하면 이해가 될 거야. 내가 요정 지니라면 넌 램프가 되는 거지. 그리고 난 너의 고래에 붙은 따개비고, 너의 소설에 나오는 등장인물이고, 너의 달이 끌어당기는 썰물이고, 또 너의 인형이고. 그러니까 난 플뢰르의 상상 박물관에 있는 표본에 불과해."

내가 말했다.

"그런 식으로 생각하지 마."

플뢰르가 말했다.

"알아. 넌 영원히 나의 가장 좋은 여동생이지. 하지만 난 가장 좋은 오빠가 아니야. 난 너의 일부분일 뿐이야. 난 그냥 영화나 식료품점의 사람들을 보면서 그들이 모두 얼마나 파란만장한 사연을 갖고 있는지 생각할 줄만 알지. 그들은 꿈, 희망, 두려움, 알레르기, 이상한 공포증 같은 사연으로 가득할 거야. 그런데 내겐 그 어떤 사연도 없어.”

내가 말했다

“그럼, 내가 널 다르게 상상하기를 원하는 거야?”

플뢰르가 물었다.

“실은, 우글리부글리가 내게 가위를 주었어. 난 네가 너와 나의 연결 끈을 잘라주었으면 좋겠어. 난 자유의 몸이 되고 싶어.”

내가 조용히 말했다.

“하지만 어떻게?”

플뢰르가 물었다.

그래서 나는 우글리부글리한테 들은 비밀을 플뢰르에게 알려주었다.

## chapter 28

# 나, 자크 파피에가
# 자유를 위해 계획한 일

나는 곧 해적처럼 바다를 항해할 것이다. 내 배는 돛이 달린 바다거북이고, 내 선원들은 황새치와 청새치가 될 것이다.

나는 서커스에 들어갈 것이다. 그래서 끼니마다 솜사탕을 먹고, 불의 고리를 통과할 수 있도록 사자를 훈련시키고, 나도 불의 고리를 통과하여 내 주근깨를 더 진한 오렌지레드색으로 만들 것이다.

나는 그리스어와 라틴어를 배우고, 또 적어도 세 개

의 언어를 직접 만들어낼 것이다.

나는 세상 곳곳을 날아다니고 눈으로 성을 쌓고 그 안에 등불을 설치해 밤에 환하게 비추어 모든 사람들이 집으로 갈 수 있도록 인도할 것이다.

나는 유명한 제빵사가 되어 특별히 진흙파이, 민들레 도넛, 이끼로 장식한 케이크를 만들 것이다.

나는 사람들이 보이지 않을 때에도 그들을 알아볼 것이다.

나는 세상 곳곳을 걸어갈 것이다.

나는 머리를 길게 기르고 새들이 내 수염에서 둥지를 틀게 할 것이다.

나는 얼굴에 흉터를 만들고

눈 주변에 미소 주름을 만들 것이다.

나는 생일을 정하고, 나이도 먹고, 기념일도 만들 것이다.

나는 마침내 그야말로 최고의 삶을 살 것이다.

## chapter 29

# 롤러스케이트를 떠나보낸 카우걸

나는 공원 근처에서 신발을 벗고 있는 카우걸을 보았다. 카우걸은 보행로에서 무릎을 꿇고 양손으로 장난감 자동차처럼 마구 굴려서 롤러스케이트의 속도를 높였다. 그러고는 롤러스케이트를 어둡고 경사진 도로 쪽으로 밀었다.

"이랴…… 달려라, 달려."

카우걸이 아무런 열정 없이 말했다.

"안녕, 네 친구는 어디 있니?"

내가 물었다.

"아, 그 친구는 멋진 친구들과 함께 진실 게임 같은 걸

하며 밤새도록 파티를 했어. 난 이곳에 있었고. 뭐, 별일
아니야."

카우걸이 얼굴을 붉히고 어깨를 으쓱이며 말했다.

"그래, 아무튼 나한테 무슨 일이 있었는지 말해줄게. 난
'자크 파피에가 누굴까? 자크 파피에는 뭘까? 자크 파피
에는 무엇을 원할까? 자크 파피에는 무엇이 필요할까? 자
크 파피에는 무엇을 하면 행복할까?'라는 문제로 자신에
대해 깊이 생각해보면서 많은 시간을 보냈어."

내가 대답 대신 내 얘기를 늘어놓았다.

"와!"

카우걸이 감탄을 했다.

"그래, 나도 알아. 생각이 너무 깊은 것 같지?"

내가 말했다.

"그게 아니라, 내 말은 '와, 그 질문들 속에 자크 파피에
라는 말이 정말 많이 들어 있구나'라는 뜻이야."

카우걸이 말했다.

"맞아. 그래서 난 결심했어. 그 질문들의 답을 찾으러
떠날 생각이야."

내가 말했다.

"잠깐만, 날 떠나기 전에 네가 알아둘 중요한 사실이 있어."

카우걸이 말했다.

"말하지 마! 내가 떠나지 말아야 할 이유라면 어떤 말도 듣고 싶지 않아. 난 그냥 작별 인사 하러 온 거야. 그리고 고마워. 넌 아무도 알려주지 않은 진실을 내게 알려주었어."

내가 카우걸에게 손을 들면서 단호하게 말했다.

"기다려봐…… 잠시만……."

카우걸이 말했다.

하지만 내게 카우걸의 말은 들리지 않았다. 바람에 날리는 마른 잡초처럼 나는 이미 그곳을 떠났다.

## chapter 30

# 아주 작고 아름다운 것들

우글리부글리가 알려준 비밀에 대해 많은 고민을 한 후, 플뢰르는 현관의 불빛 아래에서 책을 읽고 있는 나를 찾아왔다. 얼굴 표정으로 보아 플뢰르는 결심을 한 것 같았다.

"내가 그렇게 하면 어떻게 되는 거니? 네가 사라지는 거야, 아니면 달라지는 거야? 혹시 훨씬 더 안 좋아지면 어쩌지?"

플뢰르가 물었다.

"나도 잘 몰라."

내가 말했다. 사실 나도 정말 몰랐다. 자유와 진짜라는 말은 좋았지만 앞으로 어떤 일이 일어날지 상세한 이야기는 듣지 못했다.

"어쩌면, 그냥 너처럼 내가 원할 때마다 하고 싶은 건 무엇이든 다 할 수 있을 거야."

내가 말했다.

"난 내가 원한다고 무엇이든 다 하는 건 아니야. 지금이 좋아. 상황이 바뀌는 건 싫어. 하지만 언제든 상황은 바뀔 거야. 네가 나에 대해 모든 걸 잊어버리면 어떡하지? 네가 이제 돌아오지 않으면 어떡해?"

플뢰르가 물었다.

"그런 일은 없을 거야. 널 절대 잊지 않을 테니까. 난 돌아올 거야."

내가 대답했다. 그러고는 플뢰르의 가슴을 가리켰다.

"그 안에 뭐가 있는지 알아? 자크Jacques의 'J'와 플뢰르Fleur의 'F'를 새긴 작은 나무가 들어 있어."

"무슨 말이야? 내가 병들었다는 거야?"

플뢰르의 질문에 나는 웃음이 나왔다.

"내 말은 비유적인 표현이야. 또 성냥개비와 끈으로 만들어진 두 개의 작은 2단 침대가 들어 있어. 그리고 벼룩

크기만 한 프랑수아도 있고. 또 우리의 모든 인형, 아침으로 먹는 팬케이크, 숨겨진 장소, 비밀 장소, 코 고는 소리들도 들어 있어."

"난 코를 골지 않아."

플뢰르가 말했다. 하지만 플뢰르는 계속 미소를 짓고 있었다. 플뢰르는 인형의 집에 들어 있는 가구나 생쥐의 집처럼 아주 작고 아름다운 것들, 보통 사람들의 눈에 띄지 않는 작은 것들을 좋아했다. 정확히 그렇다고는 말할 수 없지만 나 역시 그런 작은 것들을 좋아했다. 우글리부글리는 다음에 무슨 일이 일어날지 말해주지 않았다. 그냥 자유로워지는 방법에 관해서만 알려주었다. 그 후의 삶은 내가 한 번도 탐험한 적이 없는 지도의 한 부분으로 연결되어 있는, 굳게 잠긴 문처럼 보였다.

"준비됐어."

내가 눈을 감고 플뢰르의 손을 꼭 잡으며 말했다.

플뢰르는 슬픈 미소를 지어 보이더니 곧 눈을 감았다.

이윽고 플뢰르는 혼신을 다해 내가 자유로워지도록 아주 작고 아름다운 것을 떠올렸다.

## chapter 31

# 멀리 항해를 떠나다

옛날 옛날에, 실제로 존재하지 않았던 한 소년이 있었다. 그 소년은 무엇이든 가능한 집에 살고 있었다. 그래서 그 집은 모든 곳에서 발견해낼 수 있었다. 그곳에서는 산울타리가 성이었고 막대기가 칼이었다. 그리고 민들레 씨앗 가루는 마법에 필요했다.

한때는 소년에게 여동생이 있었다. 소년과 소녀는 단짝으로 지냈다. 두 사람은 함께 끝없는 지도를 만들었다. 소년은 숲의 선장이 되었고, 소녀는 항해사가 되었다. 또 두 사람은 뒤로 날아다니는 새들, 병 속에 든 편지, 나비가 되기를 바라는 애벌레에 관한 노래를 지었다. 늦여름의 반짝이는 햇살 속에서 두 사람은 각자의 이름 머리글자인 J와 F를 나무 한쪽에 새겼다. 그리고 작은 손으로 마법의 힘을 모았고, 저녁마다 몸을 활 모양으로 구부린 채 풀잎을 머리게 괴고 잠들었다.

소년은 다른 존재가 되고 싶었지만 무엇이 되고 싶은지는 몰랐다. 해적이나 광대, 또는 마법사가 되고 싶었던 걸까. 소년은 자신이 원하는 대로 무엇이든 되고 싶어서 자유를 원했다.

소년은 한때 실제로 존재하지 않았다. 하지만 오직 한 사람, 어린 소녀에게만 존재했다. 그 소녀가 허락을 했기 때문에 소년은 자유를 찾아 떠날 수 있었다. 소년은 소녀를 절대 잊지 않기로 약속했다. 소년이 특별히 완고한 성격이거나 죄책감을 느끼기 때문은 아니었다. 소년은 단지 자신이 소녀를 잊을 수 없다는 사실을 잘 알고 있을 뿐이었다. 겨울이 다가와 모든 것이 지워질 정도로 빛이 약해졌을 때에도 소년은 기억할 것이다. 그리고 눈 속에서 나뭇잎들이 검게 변할 때에도, 나무에 새겨둔 이름 머리글자가 세월이 흘러 점점 희미해졌을 때에도 소년은 기억할 것이다. 또 나무에 새겨둔 이름 머리글자가 거의 보이지 않거나 그 나무가 잘려나가 배로 만들어졌을 때에도 소년은 기억할 것이다.

소년은 한때 멀리 항해를 떠났다. 시커먼 미지의 바다 앞에 놓인 미래가 어찌 될지 모른 채.

## chapter 32

# 어둠

내가 눈을 떴을 때는 온통 어둠뿐이었다.

상상의 존재도 죽을 수 있을까? 나는 궁금했다.

내가 혼수상태에 빠진 걸까?

아니면 진짜가 될 때의 느낌이 이런 걸까?

처음에 나는 어둠 속에서 플뢰르가 내 이름을 부르는 소리를 들었다고 생각했다. 하지만 그 소리는 메아리가 울리듯 아주 먼 곳에서 들리는 것 같았고 점점 작아지더니 이내 아무 소리도 들리지 않았다. 나는 눈을 감았다가 떴지만 마찬가지로 어둠뿐이었다. 시간이 흘렀다. 적어도 그랬다는 생각이 든다. 실제로 확인할 방법은 없었다. 머칠이나 몇 주, 아니면 몇 개월이 지났을지도 모른다. 혹시 이 끝없이 캄캄한 암흑 속에서 내가 평생을 보낸 것은 아닐까.

나는 생각하는 것 외에는 아무것도 할 수 없다는 사실이 가장 끔찍했다. 그냥 기억뿐이었다.

나는 집에 대해 생각했다. 집을 생각하자 재미있는 일이 떠올랐다. 온통 삐걱대는 마룻바닥과 키를 재려고 벽마다 표시해놓은 연필 선이 기억난다. 그 기억은 모두 나도 모르는 사이 내 일부가 되어 있다. 아주 캄캄할 때에도 나는 분명 집 안의 스위치를 모두 찾아내어 켤 수 있다.

나는 프랑수아에 대해서도 생각했다. 프랑수아가 으르렁거리며 물었던 일과 코를 골 때 축 늘어진 귀가 너무 부드러워 보여 내가 슬그머니 다가가 재빨리 쓰다듬어준 일도 떠올랐다. 애완동물과 함께 지낸다는 의미는 뭘까? 꼴보기 싫은데도 애완동물은 교묘하게 가족의 환심을 사고 기울어진 따스한 햇살을 받으며 베개 위에서 웅크리고 절대 떠나지 않는다.

나는 어렴풋이 들었던 소리에 대해서도 생각했다. 여름날 아빠의 윙윙거리는 잔디깎이 소리, 시계의 똑딱거리는 소리, 주방에서 들려오는 지글거리는 프라이팬 소리와 딸깍거리는 숟가락 소리가 모두 떠올랐다. 그리고 잘 들리지 않는 라디오 소리처럼 마루를 통해 들려오는 부모님의 목소리도 생각났다. 부모님의 말투로 걱정이나 기쁨을 확인할 수 있었다. 그리고 집을 에워싸고 있는 보이지 않는 힘으로부터 나는 소리도 떠올랐다. 그 소리에 나는 늘 안전하다는 느낌을 받았다.

나는 무엇보다 우리 방을 비추는 달빛을 기억했다. 그 달빛으로 생겨난 침대의 그림자와 벽에 비추며 놀았던 그림자 인형들도 떠올랐다. 그리고 어느 가을날 오후 학교를 마치고 돌아오는 길에 환하게 빛나던 미역취꽃도 생각났다. 또 미로나 수수께끼처럼 보였던 엄마의 커튼 그림자와 플뢰르의 파란색과 초록색이 어우러진 눈빛도 생각났다. 그 눈빛은 금방이라도 물고기가 수면으로 뛰어오를 것 같은 연못처럼 보였다. 사랑하는 뭔가에 대해서 말할 때 그 사람의 눈이 점점 빛난다는 사실을 알고 있는가? 플뢰르의 눈은 누군가에게 나에 대해서 말할 때 그렇게 빛이 났다.

나는 빛에 대해 생각했다.

그 빛이 정말 그리웠다.

그리고 간절히 바랐다.

언젠가 그 빛이 돌아올 날을.

## chapter 33

# 자유로워진 걸까?

마침내 나는 자유롭다는 것이 바로 이런 느낌이라고 생각했다. 태양이 얼굴을 비추었고 바람이 머리카락을 어루만졌다. (엄밀히 말하면 나는 커다란 나무 기둥에 두꺼운 줄로 묶여 있어서 꼭 자유로운 것 같지는 않았다.)

"저기, 누구 있어요?"

내가 말했다.

"누가 말을 해도 된다고 했어?"

어떤 화난 목소리가 물었다.

그 소리에 나는 좋은 징후가 아닐까라는 착각 속에 빠졌다. 내 말을 누군가가 들을 수 있다니! 지금까지 내 말을 들을 수 있는 진짜 사람은 플뢰르뿐이었다. 나는 논리적으로 따져서 이제는 내가 틀림없이 진짜가 된 것이라고 생각했다.

그때 나무 뒤에서 나보다 어려 보이는 소년이 손에 나무 막대를 검처럼 들고 내게 다가왔다.

"난 영웅이야. 넌 내 포로고."

소년이 말했다.

"만나서 정말 반가워. 내가 여기에 어떻게 왔는지 물어봐도 될까?"

내가 말했다.

"넌 보물을 훔친 뒤 몰래 배에 올라탔을 거야."

"아니, 내 말은 내가 어떻게 너의 상상 게임 속 등장인물이 되어 이곳에 왔느냐는 게 아니야. 나, 자크 파피에가 정말 현실인 이곳으로 어떻게 왔느냐는 거야."

내가 설명했다.

"야, 내가 원하지 않으면 넌 말할 수 없어. 내가 너를 상상했으니까."

여덟 살가량의 소년이 약간 짜증 난다는 듯이 말했다. 그러고는 나무로 된 칼로 나를 한 대 후려쳤다. 꽤 아팠다.

"넌 내 새로운 상상 친구라고."

소년이 말했다.

## chapter 34

# 두 얼간이 강도

아무래도 어떤 심각한 실수가 있었던 것 같다. 나는 플뢰르 덕분에 자유의 몸이 되었지만 어찌어찌하다가 누군가의 상상 친구가 되고 말았다. 그런데 그 누군가는 피어라는 이름의 아주 독특한 존재였다.

월요일, 피어는 은행 강도가 되기로 결심했다. 우선 피어는 나를 달리는 말로 상상했다. 나는 말로 변한 순간 강하게 항의했다. 결국 피어는 나와 타협하여 나를 자기와 똑같은 범법자로 만들었다. 우리는 뱀가죽 부츠를 신고 스카프를 둘러 얼굴을 완전히 가렸다. 문제는 우리가 은행을 털러 갔을 때 일어났다. 은행 안에 있던 여자가 피어를 '세상에서 가장 멋진 존재'로 여겼는지 피어에게 막대 사탕 하나를 건넸다. 그런데 피어는 이때다 하고 작은 막대 사탕이 가득 들어 있는 통을 들고 은행을 뛰쳐나왔다. 그러고는 손가락을 총처럼 구부리고 하늘을 향해 빵빵 쏘는 시늉을 했다.

우리의 '어마어마한 강도짓'이 성공했든 못했든 나는 그날 저녁 뉴스에 두 얼간이 강도가 나올까 봐 조마조마했다.

화요일에는 피어가 우리를 비행기 조종사로 상상했다. 우리는 싸구려이긴 하지만 아주 잘 어울리는 비행복과 헬멧을 착용하고 있었다. 피어는 비행기를 급강하했고, 그 바람에 우리는 비상 탈출을 해야만 했다. 나무를 비행기라고 상상한 것까지는 괜찮았는데 우리의 천재 피어는 낙하산을 상상하는 것을 까먹었다. 결국 우리는 땅바닥에 곤두박질쳐서 머리 전체를 붕대로 칭칭 감아야 했다.

수요일에는 피어가 우리를 동물원 사육사로 상상했다. 우리는 반나절 동안 탈출한 호랑이를 쫓아다녔다. 그런데 알고 보니 그것은 호랑이가 아니라 겁이 많은 길고양이였다. 그리고 솔직히 말해 피어가 쏜 물총은 그 고양이를 기절시키기는커녕 화만 부추겨 펄펄 뛰게 했다. 물론 내 잘난 친구 피어는 고양이가 아니라고 끝까지 박박 우겼고, 그 바람에 나는 붕대를 감은 부위를 빼고 온몸에 상처를 입었다.

어쩌면 다음에는 피어가 나를 광견병으로 죽는 아이로 상상할지도 모른다.

목요일에는 우리가 동화극을 하는 상상을 했다. 물론 용감한 왕자는 피어 차지였다. 그렇다면 나는 무엇이었을까? 용이었을까? 기사였을까? 아니면 몸이 불편하거나 상처를 입어 다른 것은 할 수 없는 궁중 광대였을까? 모두 아니었다. 피어는 나를 곤경에 처한 여자로 상상했다. 자기는 용감한 왕자이면서 나를 여자로 상상하다니! 물론 피어가 나를 무술 실력이 뛰어난 데다 용감하고 총명한 여전사로 상상할 리는 없었다. 그런데 나는 여자이면서도 여자다운 면이 조금도 없었다. 피어는 여자로서의 장점을 모두 무시했다. 내가 입은 옷은 주름이 많은 데다 하트 모양의 보석이 잔뜩 박혀 있었다. 그리고 내 머리는 엄청나게 길었다. 하지만 내게서 가련한 여자의 모습은 눈 씻고 찾아도 볼 수가 없었다. 결국 나는 무언가 다른 방법이 없을까 하고 생각했다. 그때 피어가 사랑의 키스로 나를 깨우는 아주 역겨운 연기를 하려고 했는데, 그러는 찰나 저녁을 먹으라고 부르는 피어 엄마의 목소리가 들렸다. 천만다행이었다. '피어 왕자'는 구강위생 교육을 단단히 받을 필요가 있었다.

여러분도 눈치챘겠지만, 나는 금요일까지 이루 말할 수 없는 고생을 했다. 나는 급기야 한밤중에 피어가 잠을 자는 틈을 노려 왕관과 레이스가 달린 속옷을 모아서 내 길을 찾아 나섰다.

## chapter 35

# 그만둘래!

"어서 와."

내가 상상 아무개 모임이 있는 곳으로 들어갔을 때 악취 나는 양말이 내게 윙크를 하면서 말했다.

"내 옆에 빈자리가 있어요, 공주님."

미스터 피티풀이 끼어들었다.

"난 공주가 아니야! **도움이 필요한 여자라고.**"

내가 옷을 바로 잡고 의자에 털썩 앉으며 말했다.

"자크? 너야?!"

악취 나는 양말이 천으로 된 입을 벌린 채 물었다.

"그래, 물론 나야."

내가 손으로 얼굴을 감싸며 말했다.

"그리고 나 그만둘래! 그렇게 할 수 있어? 상상 친구가 되는 걸 그만둘 수 있냐고?"

내가 위를 쳐다보며 물었다.

"글쎄, 승인을 받는다면 가능할 수 있어. 하지만 서류에 많은 내용을 작성해야 할 거야."

미스터 피티풀이 대답했다.

"난 지금 심각해."

내가 계속 말했다.

"농담은 집어치우고, 너희가 나를 좀 도와줘. 새로운 아이들을 만나는 일이 자유라는 사실을 아무도 알려주지 않았어. 그리고 설상가상으로 나를 상상한 피어라는 아이는 〈지명수배 합니다America's Most Wanted〉(실종 아동 보호와 범죄 예방을 다루는 TV프로그램)에서 특급 수배 중이야. 99퍼센트 확신해."

"넌 네 서류에 뭘 썼던 거야?"

미스터 피티풀이 물었다.

"그런 미친 녀석에게 배치되기 위해 분명 이상한 내용을 썼을 거야."

"서류라니? 서류가 뭐야?"

내가 물었다.

"배치받을 서류 말이야. 상상의 재배치 사무실에서."

미스터 피티풀이 대답했다.

**"상상의 재배치 사무실은 또 무슨 말이야?!"**

내가 소리를 질렀다.

에브리싱이 다른 상상 친구들을 둘러보고 나를 가리키면서 체스의 말과 탄산수 캔을 닮은 미소를 지었다.

"그는 다른 행성에서 온 것 같아."

에브리싱이 놀려댔다.

"아, 미안. 그가 아니라 그녀였구나."

에브리싱이 덧붙여 말했다.

"자유를 얻으면 재배치되어야 한다는 건 누구나 알고 있는 사실이야."

악취 나는 양말이 계속 설명했다.

"그렇지 않으면 넌 어두운 불확실한 상태에 갇히게 될 거야. 그리고 누군가의 변덕으로 상상의 실리퍼티Silly Putty(장난감 찰흙의 일종)처럼 뭔가로 상상될 수 있어. 종이 인형처럼 어떤 형태로든 변할 수 있고. 대단한 상상가의 손으로 만들어진 강철이 될 수도 있고, 또⋯⋯."

"알았어, 알았다고."

내가 중간에 끼어들었다. 그러고는 말을 계속 이었다.

"한가할 때 그냥 너에 관한 서사시를 쓰는 게 어때? 그리고 너희에게 분명히 말하겠는데, 이 모든 정보를 내가 플뢰르에게 자유롭게 해달라고 하기 전에 내게 말해줬다면 아주 좋았을 거야."

나는 자리에서 일어나 최대한 당당하게 속치마를 다시 매만졌다.

"그래서 상상의 재배치 사무실은 어디야?"

내가 황금빛 머리카락을 흔들면서 물었다.

"발 아파 죽겠네. 이 하이힐을 빨리 벗었으면 좋겠어."

## chapter 36

# 상상의 재배치 서류

## 개인정보

성: <u>파피에</u>    이름: <u>쟈크</u>

주소(이전): <u>2단 침대 위 칸</u>

가족 사항(이전): <u>아빠, 엄마, 플뢰르, 그리고 (웩!)고</u>
<u>약한 닥스훈트 프랑수아</u>

과거에 재배치 사무실에서 배치받은 적이 있습니까?(예 또는
아니오): <u>아니오</u>

자신이 상상 관련 일에 법적인 자격이 있다고 생각합니까?:

<u>~~아마도? 조금?~~ 네</u>

133

## 일반 사함

가능한 요일:

☐ 월요일        ☐ 화요일        ☐ 수요일

☐ 목요일        ☐ 금요일        ☐ 토요일

☐ 일요일        ☐ 기념일

업무 목록:

☐ 전문 상상 친구        ☐ 전문 상상 원수


## 전문 기술(해당 내용을 모두 표시하시오)

☐ 날기        ☐ 탭 댄스

☐ 파이 만들기        ☐ 마음 읽기

☐ 나무 오르기        ☐ 높은 책꽂이에 올라가기

☐ 구름 만들기        ☐ 포장 선물 추측하기

☐ 파이 먹기        ☐ 흠잡을 데 없는 매너 취하기

☐ 해적 행위(사나운 바다에서)    ☐ 외바퀴자전거 타기

☐ 증발하기        ☐ 메아리 만들기

☐ 어둠 속에서 빛나기        ☐ 팔 길게 늘이기

☐ 롤러스케이트 타기        ☐ 소리 껍데기로 파도 소리 듣기

☐ 물로 변하기        ☐ 불 뿜어내기

□ 엄청난 힘 □ 수학 숙제

□ 노래 부르기 □ 워드 작성하기

## 마지막 질문

상상의 재배치 사무실에 건의하고 싶은 것이 있습니까?

_____

_____

_____

_____

## chapter 37

# 상상의 재배치 사무실

"난 전문 기술이 하나도 없어!"

나는 화가 치밀어 서류를 내던지며 소리쳤다.

상상의 사무실 책상 뒤로 재배치 담당자가 앉아 있었다. 그녀는 내게 혐오스럽다는 표정을 짓고는 손에 들고 있는 클립보드 위에 몇 가지 표시를 했다.

"걱정 많고, 무례하고, 자부심 부족하고."

담당자가 기록하며 작은 목소리로 말했다.

안경을 쓴 담당자는 안경과 연결된 줄이 팔에 엉켜도 모를 정도로 엄청난 양의 업무를 계속하고 있었던 모양이다. 아무래도 두 개의 팔이 아니라 여덟 개의 촉수 같은 팔을 가진 듯 상상되었기 때문인 것 같았다. 그 팔이 계속 움직이며 모든 방향으로 기록하고 있었다. 그런 능력은 필요해 보였다. 사무실에 온갖 파일과 서류들이 천장까지 쌓여 있었기 때문이다. 아니면 사무실이 너무 작아서 그렇게 보였을 수도 있었다. 내가 듣기로는 상상의 재배치 사무실은 늘 움직였는데 지금은 장난감으로 가득한 뜰 안의 커다란 종이 상자 안에 있었다.

"간혹 아이들은 이곳을 우주선이라고 상상하지. 어떤 때는 사탕의 집, 용의 동굴, 진흙파이 공장, 괴물들의 학교, 제멋대로 가는 칙칙폭폭 기차로 상상하기도 해."

담당자가 계속 설명했다.

"온갖 상상으로 가득하니 그런 장소들이 생겨난 거야."

"저, 가능하다면 내가 그냥 처음 나를 상상한 플뢰르에게 돌아가면 안 될까요? 플뢰르가 나를 자유롭게 해주었지만 내가 요청한 거니까요. 내가 돌아간다면 플뢰르는 아주 기뻐할 거예요."

내가 말했다.

"물론, **아주 좋아하겠지**. 하지만 안 돼. 지금 이 장치로 너의 서류를 작성하고 있는 중이야"

재배치 담당자가 빈정대듯 말했다.

"하지만……."

내가 말하기 시작했다.

"아직 마지막 질문 사항에는 답을 적지 않았잖아요……."

너무 늦어버렸다. 낡은 화장실의 두루마리 휴지로 만든 것처럼 보이는 기계가 삐 소리를 내며 춤추듯 내 서류를 먹어치웠다. 그러고는 잠시 확인하는 듯하더니 아주 작은 카드 하나를 내뱉었다.

"아주 좋아."

재배치 담당자가 말했다.

"저 문으로 나가면 새로운 운명이 너를 맞이할 거야. 이곳 상상의 재배치 사무실 지사를 방문해줘서 고맙다. 오늘 하루 잘 보내. 존재하지 않는 하루지만 말이야."

담당자는 개집 문처럼 생긴 판지 덮개를 가리키며 말했다.

나는 무릎을 꿇고 그 문을 기어 나와 새로운 집으로 향했다. 순간 상상 아무개 모임을 떠나기 전에 악취 나는 양말과 마지막으로 나누던 대화가 떠올랐다.

"피어와 지내며 반복해서 모습을 바꾸는 일은 정말 끔찍했어. 그 때문에 내가 정말 비현실적인 존재라는 사실을 똑똑히 깨달았지."

내가 악취 나는 양말에게 말했다.

"음, 모습이라."

악취 나는 양말은 어깨가 없지만 최대한 으쓱거렸다.

"아이들조차 결국 모습이 변하는걸. 더 크고, 더 나이 들고, 여드름이 많이 나고, 주름도 많아지고, 또 시든 꽃처럼 노년에는 허리가 굽어지지. 난 그런 모습에 대해 너무 걱정하지는 않을 테야. 그런 생각으로 시간을 보내기보다 이 안에 무엇이 담겨 있는지를 생각하며 시간을 보낼 거야."

악취 나는 양말이 내 가슴을 가리켰다. 내가 사람이라면 그 안에 심장이 있을 터였다.

"왜? 넌 이 안에 담겨 있는 걸 뭐라고 생각하는 거지?"

내가 물었다.

"나도 잘 몰라. 하지만 네가 지금 찾아낸 것 같지 않니?"

내 친구가 말했다.

## chapter 38

# 내가 가장 싫어하는 것

나는 개집 문처럼 생긴 출입구를 기어 나온 뒤, 내 마음속에 가장 싫어하는 것이 담겨 있었다는 사실을 깨달았다.

그리고 싫어하는 것이 무엇인지 곧 알게 되었다.

나는 상상의 재배치 사무실을 나온 후 우리 속으로 들어갔다. 그곳에 들어가자마자 출입구는 사라지고 나는 감옥 같은 곳에 갇혀버렸다.

"다른 친구들은 재배치 서류에 무엇을 쓰는 거지?"

내가 소리쳤다.

"내가 읽을 만한 안내서 같은 건 없어?"

나는 공포에 질리지 않으려고 호흡을 가다듬었다. 그러고는 하나하나 따져보았다.

첫째, 나는 수많은 냄새를 맡을 수 있었다.

둘째, 내 청각은 입체음향 시설 안에 있는 것처럼 아주 예민해졌다. 나는 울타리의 가장자리에서 기어 다니는 작은 딱정벌레를 보았는데, 그 벌레가 기어가는 소리도 들을 수 있었다.

셋째, 나는 틀림없이 슈퍼 영웅이 되어 있을 것이다.

넷째, 아니면 도움이 필요한 여자가 되어 탑에 갇혀 있을지도 모른다.

다섯째, 몹시 가려웠다. 여름밤에 밖에서 놀다가 온몸이 벌레에 물린 것처럼 가려웠다.

여섯째, 나는 발진이 생긴 슈퍼 영웅이나 공주일 것이다.

일곱 번째, 이 감옥 안에는 많은 개가 있다.

여덟 번째, 내가 혹시 개로 상상된 것은 아닐까?

아홉 번째, 개들도 상상 친구를 만들 수 있을까?

열 번째, 이런, 사람들이 다가오고 있다……

알록달록한 유니폼을 입은 남자와 부부 한 쌍, 그리고 예쁜 하얀 원피스를 입고 머리를 길게 땋아 내린 소녀가 다가왔다. 소녀는 몹시 들뜬 모습으로 우리 안을 뛰어다녔다. 그 모습은 백열전구 공장 안을 날아다니는 나방처럼 보였다. 혹은 파리 떼를 만난 개구리 같았다.

"저 개는 **얼룩**이 너무 **많아요!**"

소녀가 소리쳤다.

"또 덩치가 너무 커요! 귀를 좀 봐요! 꼬리도 흔들고 있어요. 저 개는 순한 것 같죠? 저 **쪼끄만** 얼굴 좀 봐요! 하하하하!!"

"이건 좋은 생각이 아니라고 했잖아요.
이 아이는 아직 개를 책임질 준비가 되
지 않았어요."

여자가 남자에게 말했다. 그러고는
더욱 큰 소리로 소녀에게 말했다.

"멀라, 잘 알고 있지? 우린 그냥 구경
만 하기로 했잖아."

"여기 있는 개 모두 갖고 싶어요오오오오!"
멀라가 소리를 질렀다. 그러면서 식물
원 안의 벌처럼 우리 통로를 이리저
리 뛰어다녔다.

멀라는 내가 있는 우리 밖에서 멈추
더니 놀랍게도 나를 가리켰다.

"이 개를 꼭 갖고 싶어요."

멀라가 진지하게 말했다.

"애, 넌 누구보고 개라고 부르는 거니?"

내가 물었다.

"으아아아악!! 개가 말을 하다니!"

멀라가 비명을 질렀다.

"아, 이런. 말도 안 돼! 내가 지금 '개'가 된 거야?"

나는 머리를 한 대 맞은 기분이 들었다. (아니, 주둥이를 맞은 기분이 들었다고 할까?)

멀라의 부모도 내가 있는 우리 밖에서 멀라와 함께 있었다. 멀라의 부모는 서로 쳐다보다가 멀라를 쳐다보았다. 그러고 나서 나를 쳐다보았다. 아니, 나를 쳐다본 것 같았다. 하지만 실제로는 개 우리의 반대편 끝을 보고 있었다.

"물론."

멀라의 아빠가 거짓이 섞인 과장된 목소리로 말했다.

"넌 원하는 만큼 '저' 우리에 있는 개들을 키울 수 있어."

"한 마리만 있으면 돼요. 아주 완벽한 개로요. 저 개를 주세요, 제발요, 네?"

멀라가 간청했다.

멀라의 부모는 이번에는 지저분해 보이는 애견 관리자를 쳐다보았다. 두 사람의 시선은 이렇게 말하고 있었다.

'이 아이에게 보이지 않는 개를 주세요.'

애견 관리자는 무엇을 해야 할지 잘 몰랐지만 내가 들어 있는 우리를 여는 시늉을 해 보였다. 그리고 나를 보여주는 것처럼 팔을 내밀면서 로봇 같은 목소리로 말했다.

"자, 보렴. 이건 개야. 이 우리 안에 있어. 이제 네가 가져가도 된단다."

그래서 멀라는 우리 안으로 들어갔고, 양팔로 나를 들어 올리고는 아주 세게 안았다. 창피해서 차마 말을 못 하겠는데, 그 때문에 나는 그만 멀라의 예쁜 하얀 원피스 바로 위에 상상의 오줌을 싸고 말았다.

## chapter 39

# 멀라＋개 영원하라!

멀라의 방에 도착했을 때 멀라가 개한테 약간 집착하고 있다는 생각이 들었다. 애견 식기세트를 비롯해 물어뜯는 장난감, 애견 포스터, 개껌, 주름 장식이 많은 애견 침대가 눈에 들어왔다. 또 앞표지의 하트 모양 안에 '멀라＋개 영원하라'는 글자가 인쇄된 스크랩북도 있었다.

"좀 평범한 것 같지 않아?"

내가 펜을 들고 '개'라고 쓴 곳에 줄을 긋고 대신에 '자크 파피에: 상상의 개'라고 써넣었다.

"아, 세상에! 너 글도 쓸 줄 아는구나?"

멀라가 넋 나간 표정으로 말했다.

"물론, 난 글을 쓸 줄 알아."

내가 가슴을 내밀면서 말했다.

"영어 선생님은 나를 볼 수 없었겠지만 난 2학년 때 맞춤법과 필기체 쓰기에서는 반에서 최고였다고 생각해."

"필기체를 쓸 수 있는 개라니. 난 정말 대박을 터뜨린 거야."

멀라가 머리를 흔들면서 말했다.

나는 새로운 소지품을 하나씩 살펴보기 시작했다.

"이건."

개가 좋아하는 뼈다귀를 가리키며 내가 말했다.

"내게 별 소용이 없어. 난 네가 먹는 음식을 먹을 거야. 난 따뜻한 거품 목욕과 클래식을 좋아해. 그리고 네가 내 귀 뒤를 긁어주면 좋겠어."

멀라는 몸을 숙여 정확한 부분을 긁어주었다. 아주 시원했다.

"또 필요한 거 있어?"

멀라가 물었다.

"그래, 내가 어떤 모습인지 알고 싶어."

내가 말했다.

"내가 아빠의 카메라로 사진을 찍어줄까?"

멀라가 제의했다.

"그건 효과가 없을 거야. 안타깝게도, 상상 존재를 담아내는 필름이나 거울은 아직 발명되지 않았으니까. 소용없어, 멀라. 그렇게까지 지나치게 행동할 필요는 없어."

내가 멀라에게 크레용 상자를 내밀면서 말했다.

"대신 네가 나를 그려주면 되잖아."

"좋은 생각이야! 넌 어디서 포즈를 취할래?"

멀라가 물었다. 나는 주변을 둘러보았다.

"여기가 좋겠어."

내가 주름 장식이 많은 애견 침대에 누우면서 말했다. 나는 미술관에 전시된 멋진 여자들의 옛 그림을 본 것처럼 포즈를 취했다.

"넌 분명 내 멋진 모습을 그려낼 거야. 내게 아직도 그런 모습이 있다면 말이야."

내가 말했다.

## chapter 40

# 자크 파피에의 초상화

멀라는 잠시 동안 진지한 화가가 되어 내 초상화를 완성했다. 그러고는 초상화를 들어 올려 감탄하며 바라보더니 능숙하게 돌려 세웠다. 나는 침대에서 일어나 그림을 자세히 살펴보려고 멀라에게 가까이 다가갔다.

기분이 묘했다. 마침내 나는 다른 사람의 눈을 통해 내 모습을 볼 수 있게 되었다. 플뢰르와 함께 있을 때는 깊이 생각해보지 않았기 때문에 내가 거울이나 사진에 나타나지 않는 사실을 전혀 알아채지 못했다. 지금은 내게 주어진 상황을 현실로 받아들이려고 애썼다.

"멀라, 이런 도구로 많은 걸…… 그려봤어?"

내가 물었다.

"크레용 말이야? 아, 물론이지. 그냥 눈으로 봐도 이 크레용들은 거의 절반이 닳았잖아."

멀라가 말했다.

"그렇다면 넌 피카소와 비슷한 단계를 거치고 있는 거야? 그런데 바나나를 무척 좋아하니? 내 말은, 이 그림의 비율을 보면…… 난 비평하는 걸 싫어하지만, 다리는 너

무 짧고 배는 바나나처럼 길어서⋯⋯."

순간, 나는 말을 멈추었다. 그러고는 그림을 빤히 쳐다보면서 말을 더듬거렸다.

"땅에, 어⋯⋯ 땅에 질질 끌릴 것 같아."

그때부터 내 심장은 뛰기 시작했다. 심장이 이렇게 반복하며 말하는 것 같았다.

프랑수아, 프랑수아, 프랑수아.

나는, 내가 가장 싫어하는 모습을 하고 있다는 사실을 깨달았다.

나는 바로 닥스훈트였다.

## chapter 41

# 상상 비상사태

나는 멀라가 코를 골며 내 목을 꼭 잡고 있던 손을 풀 때까지 기다렸다. 그러고는 슬그머니 밖으로 나와 공중전화가 있는 거리까지 갔다. 가는 도중에 전봇대에서 떨어진 것 같은 게시물이 눈에 띄었다. 거기에는 '실종: 상상 친구 한 명. 피어에게 연락 바람'이라는 글이 적혀 있었다.

그 게시물을 보고 나는 몸서리를 쳤다. 그리고 고개를 숙이면서 계속 걸어갔다.

공중전화 박스에 도착한 나는 뒷다리를 이용해서 안쪽의 작은 좌석 위로 올라갔다. 그리고 25센트짜리 동전을 구멍에 집어넣고 상상의 재배치 사무실로 전화를 걸었다.
수화기 너머로 자동 응답 목소리가 들리더니 선택 목록
을 제시하기 시작했다.


당신은 상상의 재배치 사무실의 근무시간 이후의 비
상 라인으로 연결되었습니다. 해당 목록을 잘 듣고
선택해주시기 바랍니다.

당신이 화초로 상상되었다면 1번을 눌러
주세요.
상표 캐릭터로 상상되어 법적 문제가 걱정
이 되면 2번을 눌러주세요.
바람이 부는 날의 구름으로 상상되었다면
3번을 눌러주세요.
유령으로 상상되었다면
4번을 눌러주세요.
○○○로 상상되었다면 5번을 눌러
주세요.


나는 차가운 공중전화 박스의 한쪽에 머리를 기대고

눈을 감았다. 그러면서 전화기에서 흘러나오
는 끝나지 않을 것만 같은 목록을
계속 듣고 있었다.

음식으로 상상되어 먹힐
상황이라면 26번을 눌러주세요.
모래로 만들어진 형체로 상상되어 물이 발까지 찰랑
거리는 상황이라면 55번을 눌러주세요.
가장 싫어하는 모습으로 상상되었다면 99번을 눌
러……

"드디어 나왔다!"
나는 소리치며 9번 버튼을 두 번 눌렀다. 그러자 몇 번
벨이 울리고 나더니 수화기 너머로 졸린 목소리가 들려
왔다.
"안녕하세요, 당신의 상상 비상사태는 무엇인가요?"
"난 닥스훈트로 상상되었어요!"
내가 수화기에 대고 소리쳤다.
"알았어요, 진정하세요."

상상 비상사태의 접수 담당자가 말했다.

"개로 상상되었을 경우 발생되는 비상사태에 관한 질문을 시작하겠습니다. 첫 번째 질문입니다. 새로운 아이가 학대를 하나요?"

"아뇨."

내가 대답했다.

"새로운 아이가 개밥을 강제로 먹이나요?"

"아뇨."

"새로운 아이가 억지로 끌고 다니나요?"

"아뇨."

"새로운 아이가 당신을 말처럼 타려고 하나요?"

"아뇨! 그런 건 아니니까 그만해요. 멀라는 아주 좋은 아이예요. 난 개인적으로 닥스훈트가 싫을 뿐이고요."

내가 말했다.

"그렇다면 당신은 분명 배치를 받기 위해 서류에 뭔가를 기입했을 거예요."

점점 더 따분해진 듯한 목소리가 말했다.

"난 프랑수아라는 고약한 닥스훈트와 살던 적이 있다고 기입했어요. 분명 **좋아한**다고 적지는 않았어요."

내가 설명했다.

"아, 그 때문이에요. 상상의 재배치 시스템은 그냥 핵심어 검색으로 이루어지죠. 아마도 그 기록 사항이 선택되었을 거예요."

수화기 넘어 전문가가 말했다.

"아, 그래요? 아주 좋군요. 정말 멋진 시스템이네요. 이 기계가 어떻게 상상 속에서 만들어졌는지 모르지만 화장실 휴지처럼 유용하네요. 어쨌든 그래도 난 새로운 배치가 필요하다고요."

내가 비꼬는 투로 말했다.

"사실, 당신의 경우 진짜 비상사태가 아니기 때문에 월요일까지 기다려야 해요. 그때가 되더라도 이런 경우는 새로운 배치가 될 가능성이 거의 없다고 봐야죠. 그럼, 이만 끊을게요. 주말 잘 보내세요. 존재하지 않는 주말이지만."

이 상황이 말이 될까? 접수 담당자가 먼저 전화를 끊었다. 절실하면서도 위급한 상황인데 먼저 끊어버리다니!

굳이 말하면 나는 닥스훈트만도 못한 심정이었다.

## chapter 42

# 개가 되어 좋은 일

나는 멀라의 집으로 다시 돌아갔다. 가면서 좌절감에 빠져 달을 보고 짖지 않으려고 전력을 다했다. 도중에 공원의 놀이터가 보였다. 그곳에서 카우걸을 만났던 기억이 떠올랐다. 어느새 슬픔이 밀려와 나는 징징거리고 있었다! 그런데 무엇 때문일까. 정말 무엇 때문에 슬픈 걸까? 사랑하는 부모님과 여동생, 그리고 그때 누렸던 행복한 삶이 생각나기 때문일까? 나는 나 자신이 너무 바보 같았다.

나는 공원에서 그네를 조금 타기로 했다. 하지만 흔들리는 그네를 앞발로 잡아 위로 올라타는 것만 해도 온 힘을 쏟아야 했다. 그리고 겨우 그네 위로 올라가긴 했지만 빗속에 버려져 축 늘어진 긴 빵 샌드위치처럼 나는 배를 그네에 걸치고 매달려 있어야 했다.

결국 그네 타기는 그쯤 해두기로 했다. 사실 나는 지금까지 살면서 이처럼 많은 것을 포기했다.

며칠이 지나 개가 되어 좋은 일이 한 가지 생겼다(하지만 중요한 일은 아니었다). 전에 플뢰르와 함께 해서 걸핏하면 부모님의 잔소리를 들었던 지저분한 짓을 했다. 나는 향긋한 냄새가 풍기는 풀 위를 굴러다녔고, 진흙탕 속에도 뒹굴었으며, 반딧불을 삼켜서 그 불빛이 무슨 맛이 나는지도 확인했다. (치킨 맛과 비슷했다.) 게다가 땅에 더 가까이 붙어서 이슬 냄새도 맡았고, 개미 행렬도 따라가보았으며, 흙 속에 스며든 햇빛도 느꼈다.

그렇게 나는 멀라의 개가 되는 일에 온 정성을 쏟았다. 하지만 멀라의 부모님이 주방에서 식료품을 정리하면서 나눈 대화를 우연히 들었을 때 상황은 달라졌다.

"벼룩을 씻어낼 욕조는 샀어요?"

멀라의 엄마가 물었다.

"샀어요. 하지만 상상 개의 상상 벼룩을 씻어낸다는 건 좀 지나친 것 같지 않아요?"

아빠가 한숨을 쉬며 물었다.

"사실, 멀라는 크나큰 책임감을 보여주고 있다고 생각해요. 멀라가 계속 이런 모습이라면 **진짜** 개를 선물해줘도 될 것 같아요."

멀라의 엄마가 대답했다.

분명히 멀라의 부모님은 **진짜** 개라고 말했다. 하지만 내가 들은 진짜 개라는 말은 **여기서 내가 떠난다는 것을 의미했다.**

## chapter 43

# 개가 숙제를 먹다 하다

나는 내 존재 가치를 높이기로 했다. 아주 뛰어난 닥스 훈트, 자크 파피에가 멀라를 위해 전력을 쏟을 것이다. 그러기 위해서는 무엇보다 멀라가 나를 잘 따라야 했다. 사실 멀라는 나를 **진짜** 개로 생각하듯이 내 말을 잘 따라주었다.

"넌 할 수 있어. 너한테는 좋은 에너지가 있어. 용기 말이야. 태엽으로 움직이는 장난감처럼 넌 끝까지 해낼 수 있어! 나도 열심히 도울게."

내가 멀라에게 말했다.

그렇게 해서 내가 날마다 창문을 내다보며 멀라가 학

교에서 집으로 돌아오기를 기다린 다음, 우리는 계획을 실행했다.

"제가 오늘 닥스훈트, 자크 파피에를 씻겨주었어요."

저녁을 먹을 때 멀라가 부모에게 말했다.

"그리고 자크의 털을 말려주고 빗겨주었어요. 또 자크의 발톱을 깎아주고, 이를 닦아주고, 눈썹도 뽑아주었어요."

"와, 난 개가 눈썹이 있다는 사실을 몰랐구나."

아빠가 돼지고기 요리를 한입 먹으면서 말했다.

다음 날, 멀라는 거실에서 엄마를 찾았다.

"제가 빨래 다 했어요."

멀라가 자기 몸집의 절반이 되는 통을 바닥에 끌며 말했다.

"옷을 세탁기로 빨아서 널고, 다 마른 옷은 접어놓았어요. 얇은 천으로 된 옷은 손으로 빨았고요."

"아…… 고맙구나. 애야."

멀라의 엄마가 딸이 철이 다 들었다는 식의 표정을 지으며 말했다.

"그리고 아빠."

멀라가 이번에는 책을 읽고 있는 아빠를 돌아보면서 말했다.

"제가 아빠 구두를 닦고, 쓰레기를 비우고, 물받이도 청소했어요."

"그래? 아주 놀랍구나."

아빠가 어안이 벙벙한 표정으로 말했다.

"아, 그리고 자동차 오일도 바꿨어요."

멀라가 방을 나가면서 말했다.

나는 방 모퉁이를 돌아 나온 멀라와 조금 낮게 하이파이브를 하고는 물었다.

"자, 이제 학교 일로 넘어가자. 우리가 할 수 있는 특별한 일이 있을까? 혹시 내년에 공부할 책 갖고 있니?"

예상했던 대로, 멀라는 한 주의 과제를 제출한 뒤 **최우수 성적을 받았다고 내게 알려주었다.**

나는 기분이 아주 좋았다. 멀라의 선생님은 무척 놀라

위했다.

"성적이 눈에 띄게 향상되었어. 어떻게 그렇게 바뀔 수 있는지 궁금하구나."

멀라의 선생님이 말했다.

"아, 그건 쉬워요. 애완견이 대신 숙제를 해주었거든요."

멀라가 대답했다.

## chapter 44

# 세상에서 가장 훌륭한 강아지

어느 날(아주 멋진 날이었다) 멀라의 아빠가 상자 하나를 들고 집으로 들어왔다. 그런데 그것은 단순한 상자가 아니었다. 맨 위에 빨간 리본이 달려 있고 옆쪽에는 공기가 통하는 구멍이 있었다. 나는 그 상자가 무엇을 의미하는지 잘 알았다.

나는 그 상자를 열면 멀라가 비명을 지르거나 민들레 갓털처럼 멀라의 머리가 흩어질 것으로 예상했다. 하지만 아주 놀랍게도 멀라는 정신없이 움직이는 강아지를 상자에서 부드럽게 꺼내 들고 강아지의 이마에 뽀뽀를 했다. 그러고는 차분한 표정으로 기뻐했다. 멀라는 강아지가 손에 코를 대고 킁킁대도록 내버려두었다. 또 강아지가 안정을 찾아 잠이 들 때까지 계속 기다렸다. 멀라는 진심으로 애완동물을 돌보는 사람 같았다. 굉장히 멋있어 보였다.

"귀여운 강아지야. 잘 골랐어. 몸이 전혀 길쭉하지도 않아."

내가 말했다.

하지만 멀라는 내 말을 듣고 있지 않았다. 멀라는 멀리, 저 멀리 따뜻한 진짜 강아지 천국에 가 있었다.

나는 방으로 들어가 멀라가 크레용으로 날 그려준 그림을 포함해 몇 가지 소지품을 챙겼다. 그리고 복도로 걸어 나갔다.

"아, 이제 가야겠어. 더 이상 여기 있을 필요가 없으니까."

내가 큰 소리로 말했다. 내 목소리는 나무로 된 바닥과 벽에 메아리처럼 울려 퍼졌다.

이제 멀라에게 진짜 강아지가 생겼으니까 나는 떠나도 좋을 것 같았다. 그냥 내가 원했듯이 떠나면 된다.

"잘 있어!"

내가 말했다.

그런데 기분이 이상했다. 듣는 사람이 없는데도 그 말은 다른 때보다 더 공허하고 작게 들렸다. 하지만 내가 강아지 우리 밖으로 거의 나가려던 순간 서둘러 다가오는 소리가 들렸다. 그리고 내 등에 누군가가 손을 올리는 느낌이 들었다.

"정 떠나고 싶으면 떠나도 좋아. 내게 이제 강아지가 생겼으니까. 그런데 넌 내 강아지가 되는 게 정말 싫었던 거니?"

멀라가 물었다.

"그렇지 않아. 전혀 나쁘지 않았어."

내가 웃으며 말했다.

"떠나기 전에, 내가 왜 그토록 강아지를 사랑하는지 듣고 싶지 않아?"

멀라가 물었다.

"솔직히 듣고 싶어. 난 딱 한 마리 알고 있었는데 그 강아지는 최악이었거든."

내가 말했다.

"내가 강아지를 좋아하는 이유는." 멀라가 말을 꺼냈다. "강아지는 사람이 지나치게 행동하든, 이상하게 보이든,

반에서 곱셈을 못하는 멍청이든 조금도 신경 쓰지 않기 때문이야. 강아지는 진흙투성이 옷을 입거나 농담을 전혀 못하거나 3학년에서 가장 인기 없는 아이라 해도 상관 안 해. 그러면서도 매일 집에 갈 때마다 기다려주고 무척 반겨주잖아. 똑똑한 강아지는 주인이 세상에서 가장 훌륭하다고 생각해."

"그런데 **가장 훌륭한** 강아지는 어떤지 알고 있니?"

멀라가 물었다.

"네가 어떤 일이든 할 수 있는 것처럼 느끼게 해주는 강아지야. 하지만 얼마나 많은 **사람**이 그런 식으로 너를 믿어줄까? 네 마음속에 무엇이 있는지, 특별하다고 느끼게 해주는 것이 무엇인지 아는 사람이 몇이나 있을까?"

멀라가 덧붙여 물었다.

"그런 사람은 거의 없어. 네가 운이 좋으면 한두 명 정도나 될까."

내가 말했다.

"상상의 개 자크 파피에가 어땠는지는 알고 있니?"

멀라가 물었다.

"어땠는데?"

내가 물었다.

"세상에서 가장 훌륭한 강아지였어."

멀라가 함박웃음을 지으며 대답했다.

## chapter 45

# 내가 그리워할 것들

나는 또다시 상상의 재배치 사무실에서 대기하고 있어
야 했다. 기다리면서 멀라의 말을 머릿속에서 여러 번 떠
올려보았다.

'세상에서 가장 훌륭한 강아지.'

나는 그 말이 내게 무엇을 의미하는지 말하기가 곤란
하다. 그 말이 내게 무슨 의미인지, 왜 그렇게 중요한지
나 자신도 알 수 없다.

'세상에서 가장 훌륭한 강아지.'

나는 플뢰르와 함께 있었을 때 내가 아주 특별하다고
느낀 적이 있었다. 그것은 분명 내가 다시 플뢰르에게 돌

려주고 싶은 느낌이었다. 사실 멀라를 도와주면 기분이 아주 좋았다. 놀랍게도 누군가 나를 돕는 것보다 훨씬 더 좋았다. 멀라의 말에는 어떤 마법이 있었던 걸까?

그런 말을 들으니까 정말 기분이 좋았다. 강아지가 아니더라도 그런 말은 누구나 스스로에게 말할 줄 알아야 한다. 스스로 확신할 때까지 속으로 말하거나 눈을 감고 큰 소리로 말해도 좋을 것이다.

"난 세상에서 가장 훌륭한 강아지다."

한번 시도해보라.

"난 세상에서 가장 훌륭한 강아지다."

"훌륭한지는 잘 모르겠지만 넌 분명 매우 **길쭉한** 강아지야. 그건 확실해."

그 소리에 나는 최면 상태에서 깨어나듯 눈을 떴다.

"아니, 이게 누구야?"

나는 소리치면서 자리에서 벌떡 일어나 카우걸에게 달려들었다. 그리고 내 귀를 쓰다듬을 때까지 카우걸의 얼굴을 핥았다.

"다시 만나서 정말 반가워, 자크 파피에."

카우걸이 말했다.

순간 나는 우리가 둘 다 어디에 있는지, 이곳에 있는 것이 무엇을 의미하는지 깨달았다.

"네가 상상의 재배치 사무실에 있다는 건……."

"그때 내 어린 친구가 나를 자유롭게 보내주었어. 사실이야."

카우걸이 설명해주었다.

"넌 어떻게 견디고 있니?"

내가 물었다.

"아, 잘 알겠지만 너무 힘들어. 난 앞으로 그리워질 모든 것들, 이제 볼 수 없게 될 모든 것에 대해 생각하지 않을 수가 없어. 내 친구는 다음 주에 학교에서 첫 무도회가 있어. 분명 그 친구는 나를 데려가지 않을 거야. 하지만 난 원피스를 입은 그 친구의 모습을 보고 싶어. 물론, 난 멜빵바지와 카우보이 부츠 복장을 하지 않은 그 친구의 모습을 한 번도 본 적은 없었지."

나는 잠시 플뢰르를 떠올렸다. 플뢰르가 자신을 결코 잊지 말라고, 또 할 수 있다면 돌아오라고 했던 모습도 생각났다.

"난 네가 앞으로도 그곳에 있을 것 같아. 그 친구가 널 상상했으니까. 그래서 넌 그 친구의 일부인 거고. 난 그 우정이 영원할 거라 생각해."

내가 카우걸 손에 앞발을 올리며 말했다.

카우걸은 눈물을 닦고 웃어 보이려고 했다.

"네 말이 맞을 거야. 고마워, 친구. 넌 정말 세상에서 가장 훌륭한 강아지일 거라 생각해."

카우걸이 내 머리를 쓰다듬으면서 말했다.

카우걸이 새로운 배치를 받아 출발한 뒤, 나는 대단히 반갑지 않은, 이전에 만났던 녀석과 우연히 마주쳤다.

"안녕, 꼬마 친구. 재배치 사무실에 있는 걸 보니 내 조언을 받아들인 것 같군."

"너로구나! 넌 나를 속였어!"

내가 우글리부글리를 앞발로 가리키며 소리쳤다.

"오, 그래?"

우글리부글리는 손가락을 컵 모양으로 구부려 차를 홀짝거리며 마시고 바닥으로 연기를 뿜어내고 있었다.

"난 그냥 답을 원했어. 나 자신을 찾기 위해서 말이야. 그런데 네가 나를 속여서 이렇게 되어버렸어. 그러니 너한테 화나는 게 당연한 거 아냐?"

내가 따졌다.

"화났다고? 나한테는 네가 무서워하는 것처럼 보이는 걸."

우글리부글리는 내게 가까이 몸을 숙였다. 그러자 우글리부글리를 상상한 아이들이 만들어낸 온갖 두려움의 냄새가 내 코를 자극했다.

"난 네가 **두려워한다**는 걸 잘 알고 있어."

우글리부글리가 말했다.

"두, 두려워한다고? 내가 뭘 두려워한다는 거야?"

나는 말을 더듬었다.

"어쩌면 넌 자신이 정말 무엇인지 그 답을 알려 하고 있을지도 몰라. 그런데 아마도 넌 그 답을 좋아하지 않을 수도 있어."

우글리부글리가 말했다.

## chapter 46

# 겁에 질린 프레리도그

나는 더욱 신중하게 상상의 재배치 서류를 작성했다. 그러고는 우글리부글리와 기꺼이 작별 인사를 하고 아무것도 두려워하지 않는 모습을 보여줄 각오로 새로운 곳으로 향했다. 새로운 곳은 평범해 보이는 낡은 집의 평범해 보이는 오래된 거실이었다. 내가 그곳에서 맨 처음 본 것은 소파 뒤로 사라지는 머리였다. 그 머리는 모래 빛깔 더벅머리에 두꺼운 안경을 쓰고 있었다. 그 머리를 보니 겁에 질린 프레리도그(북미 대초원 지대에 사는 다람쥣과 동물)가 굴로 휙 숨어버리는 모습이 생각났다.

"어, 안녕?"

내가 인사를 건넸다.

그러자 소파 뒤에 숨은 소년 같은 형체가 갑자기 복도로 달려가더니 방문을 열고 안으로 쏙 들어가서는 문을 쾅 닫았다. 나는 달려가서 문을 두드렸지만 아무런 대답이 없었다. 그래서 또다시 문을 두드렸다. 세 번째 두드린 뒤에야 마침내 문이 몇 센티 삐걱거리면서 천천히 열렸다.

"안녕!"

안경 뒤의 작은 부엉이 눈과 마주쳤을 때 내가 말했다.

"난 자크 파피에야. 만나서 반가워."

나는 악수를 하려고 손을 내밀었지만 소년은 내가 두들겨 패기라도 할 것처럼 머리를 감쌌다.

"이름은 있어?"

내가 물었다. 소년은 대답하지 않았지만 나는 벽장문에 걸려 있는 가방에 붙은 이름표를 보았다.

"여기 쓰여 있네, '버나드'라고."

내가 말했다.

"넌 내가 떠나기를 바라겠지만 네가 나를 상상했기 때문에 그건 어려울 거야."

그 말에 버나드의 눈이 훨씬 더 커진 것 같았다. 나는 버나드가 나를 어떤 모습으로 상상했는지 물어보고 싶었다. 그때 주방에서 한 남자의 목소리가 들려왔다.

"저녁 먹을 시간이야, 버니! 네가 또 옷장 안에 숨어 있었다면 손을 씻고 오렴."

거기에 대답이라도 하듯 버나드는 머리에 불이 붙은 것처럼 내 앞을 잽싸게 지나서 주방으로 달려갔다.

그 겁에 질린 프레리도그는 매너가 썩 좋아 보이지 않았다. 문득 앞으로 아무런 재미도 없을 것 같다는 생각이 들었다.

## chapter 47

# 몰랑

나는 버나드와 버나드의 아빠가 있는 주방의 식탁으로 갔다. 버나드의 아빠는 아들과 마찬가지로 안경을 끼고 앞주머니에 펜이 몇 개 꽂혀 있는 셔츠를 입고 있었다. 그런데 그 펜에서 잉크가 새어 나와 셔츠에 얼룩이 져 있었다.

"그래, 우리 챔피언. 어떻게 지내니?"

버나드의 아빠가 물었다.

"내가 어떻게 지내냐고요? 내가 '누구냐'고 물어보는 것이 더 좋을……, 아!"

내가 말을 멈추었다.

"저 애를 말하는 거였군요."

나는 버나드 아빠가 나한테 말한 줄 착각했다.

버나드는 눈을 깜박이지도 않고 식탁 건너편에 있는 나를 빤히 쳐다보고 있었다.

버나드의 아빠가 말을 꺼냈다.

"내 수업 시간에, 학생들에게 인간의 눈에 추상체라는 빛에 민감한 세포가 수백만 개가 있다는 사실을 가르치고 있어. 그 세포 때문에 우리가 색상을 구별할 수 있는 거란다."

안경과 펜을 보면 짐작할 수 있겠지만, 버나드 아빠는 '공부벌레' 타입이었다.

"개들에게만 두 가지 종류의 추상 세포가 있단다."

버나드의 아빠가 아들의 접시에 완두콩을 얹으면서 계속 말했다.

"그래서 개들은 초록색과 파란색을 구분할 수 있어."

나는 완두콩에서 나오는 김이 버

(professional nerd)

나드의 안경에 서리는 것을 보았다.

버나드는 나한테서 시선을 떼지 않고 포크에 완두콩을 가득 올리고 천천히 얼굴로 가져갔다. 포크가 얼굴에 가까이 있었을 때는 완두콩이 하나도 남아 있지 않았다. 나는 버나드가 안경을 쓰지 않았다면 포크로 눈을 찔렀을 것이라고 확신했다.

버나드의 아빠가 과학책이라도 된 듯 계속 말했다.

"인간의 눈에는, 세 가지의 추상체가 있어. 그래서 우리가 초록색, 파란색, 빨간색을 볼 수 있단다. 나비의 눈에는 다섯 가지 추상세포가 있지."

버나드의 아빠가 말을 이었다.

"하지만 가장 좋은 눈은, 특별한 종류의 새우에게 있어. 그 새우는 추상세포가 열여섯 가지나 된단다. 믿을 수 있겠니?"

"우리가 보는 무지개는 초록색, 파란색, 빨간색이 모두 결합된 색상에서 만들어진 거란다. 그런데 무지개가 그 작은 새우에게는 어떻게 보일지 한번 상상해보렴! 아마도 새우가 보는 무지개는 규모가 엄청 클 테고, 또 적외선과 자외선뿐만 아니라 우리가 상상할 수도 없는 것들로 이루어져 있을 거야. 그런데, 엄밀히 말하면 그 작은 새우도 우리와 똑같은 물체를 보고 있는 거란다. 단지 그 새우가 볼 수 있는 물건은……"

"우리에게 보이지 않을 뿐이죠."

버나드가 말했다.

버나드의 아빠는 놀란 표정을 지으며 웃었다. 그리고 무슨 말을 하려다 그만두었다. 그 모습은 마치 먹이 하나를 막 잡은 뒤에 놓치지 않으려는 것처럼 보였다.

저녁을 먹은 후, 나는 버나드와 함께 앉아 있었다. 버나드는 눈을 깜박이지 않고 계속 나를 빤히 쳐다보았다.

"난 어디에도 가지 않아, 꼬마야. 난 밤새 이러고 있을 수 있어."

내가 눈을 가늘게 뜨고 도로 쏘아보면서 말했다.

"몰랑."

버나드가 마침내 침묵을 깨고 말했다.

"몸조심하라고?"

내가 물었다.

"몰랑은 우리에게 보이지 않는 색상 중 하나야."

버나드가 말했다.

"또한 파강, 노라, 주록도 있어."

"맞아."

내가 고개를 끄덕였다. 나는 이 아이가 한 번에 그렇게 많은 단어를 만들어낼 수 있다는 사실에 놀랐다.

"그리고 아름다운 보랑, 환하게 빛나는 별강, 미묘한 미랑도 기억해둬."

내가 말했다.

그러자 버나드의 얼굴이 밝아졌다. 버나드는 자리에서 일어나 방을 서성거리며 재빨리 말했다.

"또 짠맛의 색, 불면증의 색, 걱정 없는 색, 수다스러운 색, 외로운 색, 불탄 색, 시간을 잘 지키는 색도 있어."

"그건 내가 가장 좋아하는 색상들이야."

내가 고개를 끄덕이며 동의했다.

"우리는 이 방을 '속삭임'이라는 색으로 칠할 수 있을 걸. 아니면 '지그재그'나 '무시되고 보이지 않는' 멋진 색으로 칠할 수도 있고."

버나드는 숨이 막혀 참을 수 없는 듯 슬며시 웃음을 내뱉었다.

"너무 우스워."

버나드가 말했다.

나도 웃음을 터뜨렸다. 뭐랄까? 이 아이는 아주 꽤 재미있었다.

하지만 나는 그것들이 지금까지 아무도 보지 못한 버나드의 많은 색상 중 하나에 불과하다는 사실을 알게 되었다.

## chapter 48

# 단어가 부족하다

그날 밤, 나는 버나드의 방에 있는 침낭에서 잠을 잤다. 하지만 잠을 거의 이루지 못한 채 달빛으로 물든 바닥의 네모난 색을 보며 누워 있었다. 그리고 버니와 내가 그날 만들어낸 단어들에 대해 곰곰이 생각해보았다. 그 단어들은 정말 멋지다는 생각이 들었다. 하지만 세상에는 색을 표현하는 단어가 너무 부족하다. 분명 '달빛으로 물든 바닥의 네모난 색'에 어울리는 단어는 없다.

'누군가를 소개하려고 하는데 그 사람의 이름을 갑자기 잊어버릴 때'에 어울리는 단어도 없다. 그런 경우 누구나 당황스러워하는데 이는 표현할 단어가 없기 때문이다.

그리고 '이해하기 어려운 말 속에 비밀 메시지를 담을 때'에 어울리는 단어도 없다.

또한 '긴 겨울이 지난 뒤 처음으로 풀 위에 맨발을 갖다 댈 때'에 어울리는 단어도 없다.

'개가 침대로 올라가 꼬리를 흔들고 행복에 겨워 몸을 뒤집고 주인을 핥을 때'에 어울리는 단어도 없다.

'머리칼을 자른 후에 머리 모양이 더 안 좋아 보일 때'에 어울리는 단어도 없다.

'누군가가 아주 밝은 표정으로 웃음을 지으면 머릿속에 반딧불이 반짝이는 이때'에 어울리는 단어도 없다. (참고로 나는 여기에 어울리는 단어로 '플뢰르'라는 단어를 쓰기로 했다.)

'누군가를 속이려고 뒤에서 어깨를 두드리고 모른 척하는 낡은 수법'에 어울리는 단어도 없다.

또한 '중고책 속에 적힌 누군가의 메모'에 어울리는 단어도 없다.

'버나드처럼 아주 재미있고 특이한 사람인데도 놀림을 당하느니 차라리 세상에서 가장 보이지 않는 소년이 되는 것이 낫다고 결정할 때'에 어울리는 단어도 없다. 나는 보이지 않는 게 속 편하다고 생각한다. 바람을 타고 떠다니듯 눈에 띄지 않고 이곳저곳을 돌아다닐 수 있으니까. 또 친구가 없어도 괜찮다고 생각한다. 그러면 잃을 사람도 없을 테니까.

'침몰한 상태로 있고 싶어 하는 배'와 '건초 더미에 숨은 바늘'과 '모래 속에 영원히 묻혀 있는 진주'에 어울리는 단어도 없다.

"있잖아, 버니."

영화를 보려고 줄을 서 있는 우리 앞에 몇몇 사람이 갑자기 끼어든 것처럼 어느 날 내가 버나드에게 불쑥 말을 던졌다.

"넌 다른 사람들에게 보이지 않도록 열심히 노력하고 있어. 하지만 그런 행동은 실제로 보이지 않는 나 같은 누군가에게는 약간 모욕적인 일이야."

그런 행동은 다른 사람이 관심을 둘 일은 아니었을 테지만 특히 보이지 않는 내게는 아주 눈에 잘 띄는 일이었다. 버나드는 미술 시간에 늘 자신의 그림을 다른 그림 뒤에 숨기면서 걸어두는 방법을 썼다. 또는 정말 단조롭고 시시한 색상의 옷을 입거나 발이 민들레 갓털인 것처럼 아주 약간 움직이는 방법을 썼다.

하지만 '겨울을 대비해 열매를 몰래 숨겨두는 다람쥐처럼 버나드가 진짜 자기 모습을 숨기는 방법'에 어울리는 단어도 없다.

"한때, 난 새가 내 머리 위에 내려앉는데도 다른 사람들에게는 보이지 않는 그런 존재였어. 그땐 새가 계속 찾아와 둥지를 틀지 않을까 하는 생각도 들었어."

버나드가 말했다.

나는 '새들에게 알맞은 보금자리처럼 보이는 사람'에 어울리는 단어도 없다고 생각했다.

## chapter 49

# 바닷가재의 공격

버나드는 어느 날 같은 반 소녀와 벌어진 그 사건이 아니었다면 영원히 존재감 없는 상태로 살 뻔했다.

그날 학생들이 야외에서 체육을 하는 시간이었다. 모두 운동장에 모여 안경을 쓴 학생들이 가장 두려워하는 피구를 하고 있었다. 사실 버나드의 학교에서는 그 경기를 피구라 부르지 않았다. 코트 가까이에 산울타리와 덤불이 많아서 피구가 아닌 산울타리용 공이나 덤불용 공이라 불렀다. 버나드는 그 경기에서 평소에 '주로 쓰는 작전'을 이용했다.

"알았어, 넌 덤불 안에 숨는단 말이지? 그러고는 뭘 하는 거야?"

내가 물었다.

"그러고는 체육 시간이 완전히 끝나기를 기다리는 거지."

버나드가 대답했다.

"아무튼 그 경기는 재미있을 거야. 운동장에서 하는 거잖아."

내가 말했다.

"넌 운동장에 있어본 적 있어?"

버나드가 물었다.

"운동장은 완전히 무법 지대야. 난장판이라고! 그건 힘센 쪽이 무조건 이기는 경기 같아."

"맞는 말이야."

내가 맞장구쳤다.

버나드가 '주로 쓰는 작전'은 효과가 있었다. 그런데 누군가가 덤불 뒤에서 붉은 신발 끈이 번쩍거리는 것을 발견하는 바람에 버나드 팀은 모두 탈락하고 말았다.

"야, 우리 팀에 남아 있는 사람이 있어!"

버나드의 팀의 누군가가 소리쳤다.

버나드는 덤불 가장자리 주변에서 부엉이 눈으로 살짝 엿보고 있었다.

"그게 누구야?"

"여기 학교에 다니고 있어?"

"그냥 커다란 쥐 같은데."

하지만 아니었다. 그 커다란 쥐는 버나드였다. 버나드는 결국 숨은 곳에서 나와 경기에 참가할 수밖에 없었다. 운동장 안 코트에서는 붉은 공 하나만 버나드 편에 있었다. 버나드가 은신처로 사용하고 있던 바로 그 덤불에 공이 몇 개 박혔기 때문이다. 버나드는 조심스럽게 공을 집었고 안경을 코 위로 올렸다.

"아, 아주 불리한 사, 상황이야."

버나드가 말을 더듬었다.

아주 정확한 판단이었다. 상대편에는 선수가 많았다.

상대편에서는 특이한 긴 팔 때문에 피구 경기장의 트롬본이라고 알려진 소년이 있었다. 그 소년은 긴 팔 덕분에 공을 재빨리 던지고 놀라울 정도로 잘 잡았다. 또 가까이 다가온 것도 모를 정도로 아주 작고 동작이 재빠른 미드나잇블루midnight blue(암청색)라는 소녀도 있었다. 그리고 마지막으로 그 누구보다 가장 두려운 존재, 헨하우스 henhouse(닭장)라는 소년이 있었다. 그 소년은 신기하게도 손으로 한꺼번에 아주 많은 공을 잡을 수 있지만 달걀처럼 작은 공은 여섯 개만 잡을 수 있었다.

"넌 반드시 양손으로 공을 잡아야 해."

내가 버나드에게 말했다.

버나드는 내가 시키는 대로 했다. 나는 일어나서 버나드를 살펴보았다.

"바닷가재."

내가 말했다.

"뭐라고?"

버나드가 물었다.

"그건 너의 진짜 모습일 거야. 붉은 공은 바닷가재의 집게발처럼 보일 수 있거든."

내가 설명했다.

"어쩌라는 거지? 도대체 뭘 하라는 거야?!"

버나드가 투덜거렸다.

"뒤쪽의 더 느린 아이 중 한 명을 공격하는 게 좋을 것 같아."

내가 제안했다.

"보라고! 경기 중에 잡담하고 있는 여자아이 무리가 있잖아. 그중에서 한 명을 공격하면 돼. 그 애들은 공을 쳐다보고 있지도 않아."

"난 못 해. 그 애들 중에는 주근깨 있는 여자아이도 있어."

공황 상태에 빠진 버나드가 속삭였다.

"그게, 어때서? 그럼 주근깨 아이를 겨냥해."

내가 말했다.

"안 돼, 그냥 그런 생각이 들어……, 그 아이는 좋은 애야."

버나드가 대답했다.

"좋다고?!"

내가 불쑥 말했다.

"그래도 상관없어…… 아! 무슨 말인지 알겠어."

내가 마침내 상황을 이해하고 히죽 웃었다.

"너한텐 여자아이에게 반할 때 경적을 울리는 괴물 같은 모습이 있구나. 그렇지?"

"그 애는 내가 존재하는지도 몰라."

버나드가 대답했다.

"상상 친구와 그만 속닥거리고 어서 경기를 어서 진행해!"

경기장의 측면에서 누군가가 소리쳤다.

버나드는 흰 선으로 나눈 경계선 앞으로 조심스럽게 다가갔다. 나도 버나드와 함께 경계선 앞으로 다가갔다. 적어도 우리 중 한 명은 죽음을 면하도록 뛰어오를 생각이었다.

"고무 나비처럼 떠올라서 플라스틱 벌처럼 찔러."

내가 지도했다.

버나드는 이를 악물었다. 눈에 나타난 단호한 결의가 안경을 통해 똑똑히 보였다. 버나드가 공을 날렸을 때 시간은 천천히 흘렀고, 행성들은 일직선이 되었다. 그리고……

버나드는 확실히 누군가를 맞혔다.

그 공은 바닷가재의 집게발을 떠나 누군가에게 날아갔는데……

"아주 위험한 상황이 벌어졌어."

버나드가 숨을 헐떡거렸다.

"내가 그 여자아이의 얼굴을 정면으로 맞혔어!"

그 말은 사실이었다. 경계선 너머에서 같은 팀 친구들과 선생님이 달려갔을 때 여자아이의 한쪽 눈 위에는 버나드가 두 손으로 움켜쥐고 날린 공을 세게 맞은 흔적이 남아 있었다.

"적어도 이제 그 여자아이는 네가 존재한다는 걸 확실히 알게 됐을 거야."

나는 등을 토닥거리며 버나드를 위로하려고 애썼다.

## chapter 50

# 파팔리니!

버나드와 나는 양호실의 창문 아래 서 있었다. 나는 안쪽 상황을 더 잘 알 수 있도록 창문 유리를 통해 안을 들여다보았다.

"잘 보여. 그 여자아이는 괜찮을 거라고 했잖아. 눈에 얼음찜질을 하면서 그냥 앉아 있어. 심각한 상황이라면 구급차나 목사 같은 사람이 와 있을 거야."

내가 뒤로 물러나 몸을 숙여 버나드한테 돌아가며 말했다.

"휴! 내가 사과하러 가야겠지?"

버나드가 말했다.

"아냐! 진정해. 서두를 필요 없어. 그 여자아이한테 무슨 말을 할지 정했어?"

내가 버나드를 말리며 말했다.

"'네 얼굴에 공을 던져 다치게 해서 미안해'는 어때?"

버나드가 물었다.

"안 돼, 그건 너무 따분해. 정말이지, 넌 나를 만나 운이 좋은 줄 알아. 여자한테 말을 걸 때는 우선 대화의 주제를 꺼내야 해. 물론, 그 여자아이와 공통점이 있는 주제 말이야."

내가 설명했다.

"우리에게 어떤 공통점이 있는지 난 잘 몰라."

버나드가 말했다.

"그럼, 네가 가장 좋아하는 건 뭐니? 누구나 좋아하고 누구나 이야기를 잘 꺼내는 걸 찾아내면 돼. 예를 들면, 네가 가장 좋아하는 동물은 뭐니?"

내가 계속 말했다.

"해마."

버나드가 망설이지 않고 바로 대답했다.

"좀 더 생각해보고 대답하는 게 어때?"

내가 물었다.

"그럴 필요 없다고? 알았어. 정말 해마를 좋아하는구나. 그럼, 네가 가장 좋아하는 취미는 뭐니?"

내가 물었다.

"진흙파이 만드는 걸 좋아해."

버나드가 말했다.

"별로 낭만적이지는 않구나."

내가 말했다.

"저녁으로 옥수수를 먹을 때 껍질을 벗기는 걸 좋아해."

버나드가 말했다.

"옥수수 껍질 벗기기는 취미가 아니야."

내가 말했다.

"난 깃털 모으기도 좋아해."

버나드가 또 말했다.

"너무 역겨워."

내가 말했다.

"난 마술사가 되고 싶어. 수리수리 마하수리! 위대한

마술사 후디니 같은 사람 말이야!"

버나드가 다시 말했다.

"여자아이에게 그런 말은 절대 하지 않았으면 해."

내가 충고했다.

"난 노래를 만드는 것도 좋아해."

버나드가 말했다.

"그래, 좋아. 음악은 괜찮은 것 같아. 누구나 음악을 좋아하니까."

내가 마침내 만족스러운 듯 말했다.

"맞아, 난 여러 종류의 파스타에 관한 노래를 만들기를 좋아해. 파팔리니."

버나드가 노래를 불렀다.

"푸실리, 스파게티, 리가토니, 마나코티!"

"좋아, 알았으니 제발 그만 멈춰!"

내가 머리를 문지르면서 말했다.

"새로운 계획이 있어. 넌 안으로 들어가고 난 창밖에, 여기에 있을게. 그리고 내가 여기서 너한테 방법을 알려줄게."

"그건 솔직하지 못한 것 같아."

버나드가 대답했다.

"여자에게 구애할 때는 상상 친구를 이용하는 것이 좋아."

내가 버나드를 양호실 입구로 밀면서 말했다.

## chapter 51

# 여태껏 거기에 있었던 거야?

버나드는 평소의 자기 방식대로 양호실로 들어갔다. 마치 바지를 입지 않은 채 집을 떠난 사실을 막 깨달은 유령 같은 모습으로. 버나드는 양호 선생님조차 모를 정도로 출입문을 살그머니 열고 안으로 살금살금 들어갔다. 그러고는 머릿니에 관한 안내서와 치실을 사용하지 않는 위험에 관한 안내서가 꽂힌 책꽂이 주변으로 이동했다. 버나드가 아주 슬그머니, 매우 조용하게 미끄러지듯 움직였기 때문에 주근깨 있는 (그리고 눈이 멍든) 여자아이가 버나드를 발견했을 때 너무 놀라 비명을 질렀다.

"꺅!"

여자아이가 소리쳤다.

"미안, 여태껏 거기에 있었던 거야?"

여자아이가 특별히 악의가 없는 버나드라는 사실을 깨닫고는 안심하며 말했다.

버나드는 아무 대답도 하지 못했다.

"난 조에야."

여자아이가 말했다.

나는 이름을 말하도록 버나드에게 제다이의 포스를 보내려고 애썼지만 버나드는 입을 벌린 채 그 자리에 그냥 서 있었다. 그 모습이 마치 한껏 달아오른 축제 마당에 물을 끼얹는 광대 같았다. 지금 당장이라도 버나드의 뇌가 풍선이 되어 터질 것 같았다.

"저기, 내 눈을 맞힌 사람이 너 아니니?"

조에가 물었다.

이번에는 그 대답으로 버나드가 얼굴을 붉히고 조에의 침대 옆 차단막 뒤에 숨으려고 했다. 버나드도 눈에 멍이 들기 전에 내가 안으로 들어가야 할 것 같았다.

"잠깐!"

내가 속삭였다.

버나드가 창문 쪽을 돌아보았다.

"아니, 날 보지 말고!"

내가 소리쳤다.

버나드는 고개를 다시 조에 쪽으로 홱 돌린 다음, 바닥
으로 고개를 숙였다가 천장을 향해 들어 올렸다.

"그 경기에 대해 아무 말이나 해봐."

내가 충고했다.

"내가 미안하다고 말해야 해?"

버나드가 속삭였다. 버나드는 창문을 보고 있지 않았
다. 조에를 쳐다보고 있지도 않았다. 마치 정신 나간 사람
처럼 바닥에 대고 말하고 있었다.

"나에게 묻는 거니?"

조에가 물었다.

"그 여자아이에게 말해……."

나는 우아한 표현을 생각해내려고 애썼다.

"그 여자아이의 머리색이 껍질을 갓 벗겨낸 옥수수 빛
깔이라고 말해. 그리고 눈은 진흙파이 같다고 말하고. 또

주근깨는 하트 모양을 만들려고 연결해놓은 점처럼 보인다고 말해."

"아니! 난 그런 말 하지 않을 거야!"

버나드가 소리쳤다.

"좋아, 그럼 사과하지 마. 쳇!"

조에가 팔짱을 끼면서 대꾸했다.

나는 손으로 내 얼굴을 쳤다. 우리는 이 쇼를 길거리에서 펼쳤어야 했을 것이다. 바로 그때 양호 선생님이 조에를 확인하러 들어왔다. 양호 선생님은 조에의 눈에서 얼음찜질 팩을 떼어내고 다친 부분을 검사했다.

"멍 자국 때문에 넌 며칠 동안 이걸 하고 있어야 해."

양호 선생님이 조에한테 의료용 검은색 안대를 건네주었다.

"어머니한테 연락을 해두었어. 곧 이리로 오실 거야."

양호 선생님이 계속 말했다.

"그때까지 그냥 쉬고 있으렴."

양호 선생님은 베개를 챙겨주려고 조에의 뒤쪽으로 가다가 비명을 질렀다.

"꺅!"

양호 선생님은 버나드를 거의 밟을 뻔했다가 소리를 질렀던 것이다.

"미안하구나, 여태껏 거기에 있었던 거야?"

양호 선생님이 사과했다.

나는 아주 절망적이라는 생각이 들었다. 생각했던 것보다 더 힘들어질 것 같았다.

chapter 52

# 버나드 최초의 조리 있는 문장

나는 버나드를 설득하여 학교 수업을 마친 후 조에의 집에 가게 했다. 버나드는 떨리는 손으로 줄기가 흐느적 거리는 민들레 꽃다발을 들고 있었다. 이 계획은 특히 버나드(아니, 우리)가 첫 번째 사과를 할 기회를 망친 후 추진한 세련된 일이었다.

"또 너니?"

조에가 말했다. 조에는 눈에 안대를 차고 있는 자기 모습을 누가 볼까 봐 밖에 나가지 않으려고 했다. 하지만 조에의 엄마가 설득하는 바람에 조에는 현관문까지 나오게 되었다.

"사과하지 않을 거면서 여기에 온 거니?"

조에가 버나드에게 물었다.

버나드는 그 자리에서 멀뚱멀뚱 서 있기만 했다. 그래서 내가 버나드의 옆구리를 쿡 찔렀다.

"아야!"

버나드가 나를 쌔려보며 속삭였다. 마침내 버나드는 용기를 내어 주머니에 손을 넣더니 검은 플라스틱 안대를 꺼냈다. 그 안대는 작년 핼러윈 축제 때 해적 복장의 일부로 사용했던 소품이었다. 그때였다. 버나드가 갑자기 안경을 벗더니 왼쪽 눈 위에 그 안대를 착용하고 다시 안경을 꼈다. 그러고는 멋쩍은 듯 손으로 '짜잔!' 하는 시늉을 했다.

처음에 나는 조에가 버나드를 한 방 날리지 않을까 하여 불안했다. 버나드가 조에를 흉내 낸다고 여겼기 때문이다. 하지만 조에의 멀쩡한 한쪽 눈에서 희미한 웃음이 떠오르는 것이 보였다. 정말 효과가 있었다! 우리의 계획은 순조롭고, 자연스럽게 진행되었다. 언젠가 두 사람은 멋진 시를 지어낼 것 같았다. 그렇지 않다면 내가 직접 두 사람에 관한 시를 지어낼 것이다.

"어서 들어와, 괴짜 친구. 넌 내 과제에 도움이 될 수도 있겠어."

조에가 버나드의 손을 꽉 잡으며 말했다.

버나드가 조에한테 이끌려 안으로 들어갈 때 나를 돌아보며 지은 표정은 이렇게 말하고 있었다.

'드디어 해냈어.'

하지만 버나드는 아직도 두려워했다. 그래서 두 사람 사이에 끼면 안 될 것 같았지만 아직은 내가 따라다녀야 할 것 같았다.

조에의 집에는 뒷마당에 식물과 바위로 둘러싸인 연못과 작은 폭포가 있었다.

"정말 멋진 곳이야. 피냐 콜라다(럼주에 파인애플 주스와 코코넛을 넣은 칵테일) 마실 사람?"

내가 말했다.

나는 버나드가 조에한테 말을 걸 수 있도록 피구의 공이 날아간 방향이 운명이라는, 그런 이야기를 생각해내려고 애쓰고 있었다. 그런데 그때 놀랍게도 버나드가 말을 꺼내기 시작했다. 그것도 순전히 혼자 힘으로 조에한테 말을 걸었다. 마치 그냥 서서 까딱거리며 춤추기 시작하는 마리오네트를 내가 조종하는 기분이 들었다.

"뭔가 반짝거리는 저건 뭐지?"

버나드가 조에한테 물었다.

좋았어, 그 말은 **완벽**하지는 않았지만 그래도 괜찮은 편이었다.

"아, 요즈음 내가 친구들과 장기자랑대회에 나갈 춤을 연습하고 있어."

조에가 설명했다. 조에는 뒤쪽에서 윗부분까지 여러 겹의 초록색 스팽글로 덮여 있는 모자를 들어 올렸다.

"인어 꼬리처럼 보여. 그러니까, 사람들은 대부분 이런 사실을 잘 모르는데, 안대는 인어를 볼 수 있게 해줘."

버나드가 말했다.

정말 잘했어. 완벽해. 버나드가 마침내 여자아이 앞에서 처음으로 문장을 조리 있게 연결시켜 말하는 데 성공했다. 더욱이 그것은 상식을 깨는 문장이었다.

"인어라고?"

조에가 물었다.

"그래, 인어를 보려면 넌 멀쩡한 한쪽 눈만 가리면 돼."

버나드가 말했다.

조에가 웃었다. 그리고 놀랍게도 조에는 손을 올려 멀쩡한 한쪽 눈을 가렸다.

"인어가 사는 곳은 너희 집 연못과 좀 비슷한 것 같아."

버나드가 말을 계속 이었다.

"인어는 고래 뼈와 난파선 잔해로 집을 짓고 또 해마와 체스를 두기도 해. 그리고 물고기 비늘로 된 망토를 입고 해초로 만든 침대에서 잠을 자."

버나드의 이야기를 듣고 있으니 연못 저 끝에서 약간 첨벙거리는 소리가 들리는 것 같았다.

버나드의 이야기는 계속 이어졌다.

"밤에는, 인어가 전기뱀장어로 등을 환하게 밝혀. 또 인어는 불을 피우는데, 거기서 생긴 연기가 산호로 만든 굴뚝을 타고 올라가."

"잠깐만! 인어는 물속에서 사는데 어떻게 불을 피울 수 있어?"

버나드의 이야기에 푹 빠져 있던 조에가 불쑥 물었다.

"그건 **인어에게 물어봐야 해**."

버나드가 대답했다.

그 말을 듣고 조에와 나는 눈이 휘둥그레졌다.

그러니까 그 반짝거리는 빛은 우리를 가지고 장난치고 있었던 것이다. 그리고 우리는 모두 어쩌면 스팽글 접착제 냄새를 너무 많이 들이마셨을지도 모른다. 하지만 아주 짧은 시간 동안에 조에의 푸른 연못은 더 깊고 어두운 짙푸른 바닷속에 잠기고 말았다. 또 연못 주변의 식물과 바위들은 인어들이 물속에 몸을 반쯤 담그며 햇빛을 받아 느긋하게 쉬고 있는 작은 늪과 폭포로 바뀌었다. 인어들은 물소리와 똑같은 웃음소리를 내면서 첨벙거리며 물속으로 뛰어들었다.

그렇다면 버나드는 결국 상상의 마술사가 아니었을까.

## chapter 53

# 숨겨진 모습

그날 밤 버나드가 잠든 후, 나는 산책을 하면서 이런저런 생각을 했다. 인어 이야기를 듣고 나는 깨달았다. 버나드는 그냥 두려워하거나 부끄러워하는 것도 아니었고, 또는 '작은 골짜기에 사는 농부(Farmer in the Dell, 노래에 맞춰 여러 가지 역을 맡은 사람들이 원을 만들어 하는 놀이)'에서 치즈 역할을 맡으려고 오디션을 본 것도 아니었다. 사실, 버나드는 자신만의 세계, '버니의 세계'에서 살았을 뿐이다. 그것이 바로 벌과 새들이 버나드의 머리에 내려앉은 이유인 것 같았다. 버나드는 몸 안에 벌꿀이 흐르는 강과 온통 꽃으로 이루어진 세계가 있는 듯했다. 버나드는 또 닫힌 꽃봉오리, 아직 열매를 맺지 않은 도토리 혹은 아직 들어보지 못한 노래 같기도 했다.

사실, 나는 아무도 보지 못하는 누군가의 모습을 본다면 경이로운 마음이 들지 않을까 하는 생각을 하기 시작했다. 예쁜 노래를 짓고 거울을 보며 우스꽝스러운 표정을 짓는 사람을 본다면, 또 나무에 달린 나뭇잎과 하이파이브를 하거나 보이지 않는 실로 공중에 매달려 있는 초록 자벌레를 보려고 걸음을 멈추는 사람을 본다면, 다른 이들과 너무 다르고 외로워서 밤에 가끔 우는 사람을 본다면, 그에게 경이로운 마음이 들 것 같았다. 그 사람의 **진정한** 모습을 보면 누가 되었든 매우 놀라운 존재라는 사실을 알 수 있다.

그 모두에 **나도** 포함되지 않을까 하는 생각이 문득 들었다.

하지만 나는 내게 어떤 특별한 점이 있는지 궁금했다. 자신에 관한 특별한 점이 무엇인지 늘 알 수 있는 것은 아니다. 아래를 보고 그냥 줄기라고 생각하는 꽃처럼 자신에게는 너무 가까워서 볼 수 없기 때문일 수 있다. 중요한 것은 우리 자신의 있는 그대로의 모습을 신뢰하는 일이다. 우리는 특별하기 때문이다. 그리고 자신이 특별하다는 사실은 자신보다 주변의 사랑하는 사람들이 여러 면에서 더 잘 알아본다.

내가 미처 깨닫기도 전에 내 발은 어느새 상상 아무개 모임 때문에 전에 몇 번 가보았던 분홍빛 장난감 집에 도착했다. 나는 나를 알아보는 이가 있을지 궁금했다. 그동안 내 모습이 어떤지 물어볼 여유조차 없었다. 버나드를 돕느라 너무 바빠서 완전히 잊어버리고 있었던 것이다.

"누가 있어요? 여기 아직도 상상 아무개 모임을……"

내가 분홍빛 플라스틱 문을 삐걱거리며 열고 조용히 말했다.

**"상상이든 아니든 내가 느끼는 만큼 보이지 않을 뿐이야."**

상상 아무개 모임의 구호 외치는 소리가 끝난 후, 나는 뒤쪽에 자리를 잡았다. 그러고는 앞에 누가 있는지 전혀 볼 수 없었지만 첫 번째로 이야기하는 상상 친구에게 귀를 기울였다. 그 상상 친구는 틀림없이 키가 아주 작을 것 같았다. 분명 재배치 서류에 요정이나 소인국 사람이라는 말을 잘못 기입했을 것이다. 가엾은 바보 같으니라고!

"그러니까, 분명 처음에는 어려웠어."

아주 작은 상상 친구가 말했다.

"하지만 그때 난 깨달았어. 어쩌면 언젠가 난 세상 곳곳
을 떠다닐 거라고. 아마존 강을 따라 떠다닐 수 있고, 에
펠탑 위로 날아갈 수도 있고, 털북숭이 원숭이에게 잡혀
가장 높은 나무 위에서 살 수도 있다고 말이야. 대체로 나
는 운이 좋은 목동인 것 같아."

다른 상상 친구들이 박수를 치면서 아주 작은 상상 친
구의 이야기에 고마워했다. 나도 고마움을 느꼈는데 그
것은 다른 이유에서였다. 이야기 공유가 모두 끝나고 쿠
키와 주스를 마신 후, 나는 아주 작은 상상 친구에게 다
가갔다.

"카우걸이지?"

내가 물었다.

"카우걸, 정말 너 맞지?"

## chapter 54

# 솜털 위의 세상

"너…… 너는……."

나는 정확한 말이 떠오르지 않아 더듬거렸다.

"아주 작은 솜털이야."

카우걸이 내가 애써 찾아내려던 말을 대신 해주었다.

"그래. 그러니까 넌 정확히 뭐가 된 거야? 민들레 갓털? 보푸라기? 누가 그런 모습을 상상한 거니?"

내가 물었다.

"그 아이의 이름은 마르셀이야. 여섯 살이고. 마르셀은 솜털 위에 있는 아주 작은 도시를 발견한 코끼리에 관한 책을 읽었어. 그래서 자신만의 솜털을 갖고 싶다고 결심했고 그렇게 해서 우리가 만나게 된 거야."

카우걸이 설명했다.

"난 네가 상상의 재배치 서류를 어떻게 작성했는지 궁금해."

내가 말했다.

"사실, 난 서류를 작성하지 않았어. 그냥 바람이 나를 데려가는 곳이면 어디든 좋다는 생각만 했어."

카우걸이 대답했다.

산들바람이 장난감 집으로 불어오자 카우걸은 잠시 동안 살랑살랑 움직였다.

"말 그대로구나."

내가 말했다. 우리는 둘 다 웃었다.

"어쨌든 내가 너를 알아본 것이 난 아직도 놀라워."

내가 말했다.

"뭐, 난 네가 핫도그 모양의 개였을 때도 알아봤잖아, 안 그래? 그건 어렵지 않아. 겉모습은 신경 쓸 필요가 없어. 사람들이 어릴 때 모습 그대로 나이 먹는 걸 본 적 있어? 그들이 일흔 살쯤 되어도 넌 여전히 누군지 알아볼 거야. 그 비밀은 눈 안에 있으니까."

카우걸이 말했다.

나는 버나드의 안경을 쓴 눈과 멀라의 넘치는 에너지를 생각해내려고 했다. 별로 어렵지는 않았다. 또 플뢰르의 눈을 떠올리려고 했을 때는 기억이 약간 가물가물했다. 하지만 카우걸의 말이 옳았다. 그 기억 속에는 눈이 있었고 잠시 후 뚜렷이 보였다. 그 눈 속에는 파랗고 초록빛이 도는 연못 같은 색상, 줄줄이 비치는 황금빛 햇살, 물고기가 금방이라도 수면 위로 뛰어오를 것 같은 장소가 보였다.

"가기 전에 너한테 줄 네 물건이 있어."

카우걸이 말했다.

"내 물건이라고?"

내가 물었다.

"내 물건 같은 건 없어. 새로운 아이의 상상 친구가 되면 이전의 소지품은 없어지니까."

카우걸은 탁자 위로 날아가 냅킨 주변을 맴돌았다. 카우걸을 따라가 냅킨을 집어 올린 나는 그 밑에 있는 물건을 보고 숨을 죽였다.

"내가 그걸 받아내려고 거래를 했어."

카우걸이 말했다.

그곳, 탁자 위에는 플뢰르가 내게 주었던 나침반이 있었다. 내가 우글리부글리에게 주어 영원히 잃어버렸다고 생각한 나침반이었다. 이미 사라지고 없는 물건은 있을 때만큼 그 가치를 깨닫지 못하기 때문에 다시 내게 돌아오는 일은 드물었다. 그 사실을 이제야 알게 되었다. 나는 비로소 나침반의 마술을 깨닫고 나침반을 꼭 쥐었다. 그 마술 때문에 내가 잃어버린 사실을 떠올렸고 바로 이 순간이 소중하다는 것을 알게 되었다. 기억은 곧 사라질 수 있기 때문이었다.

## chapter 55

# 실패하는 재능

"버나드, 우리가 학교 장기자랑대회에 나가기로 결정했
어."

다음 날, 아침을 먹은 후 내가 버나드에게 말했다.

버나드는 눈을 깜빡이지도 않고 자신의 시리얼 스푼만
응시했다. 그 스푼이 재앙이라도 일으키는 것처럼 뚫어져
라 쳐다보았다.

"내 말 들었니?"

내가 물었다.

"아니."

버나드가 대답했다.

"우리가 학교 장기자랑대회에 나갈 거라고 말했어."

내가 소리 질렀다.

"그 말은 들었어."

버나드가 귀를 막으면서 말했다.

"그러니까 내 말은, 안 된다고. 난 장기자랑대회에는 절대 못 나가. 나를 한번 보라고!"

"넌 아주 좋아 보여. 새 셔츠 입은 거야? 줄무늬가 잘 어울려, 친구야."

내가 대답했다.

"그게 아니라, 내겐 재능이 없다고. 하나도 없어. 난 그냥 걷다가도 발을 헛디딜 때가 있어. 한번은 줄넘기를 하다가 거의 죽을 뻔했고. 게다가 나비 알레르기도 있어."

버나드가 말했다.

"난 그런 문제가 재능이 부족한 탓이라고 생각하지 않아."

내가 대꾸했다. 그리고 이어서 말했다.

"그런데 정말이니? 나비 알레르기가 있어? 뭐, 그런 건

걱정할 필요 없어."

내가 손을 흔들며 말했다.

"그럼, 혹시 악기 연주할 줄 알아?"

"내 사촌이 전에 겨드랑이로 뿡뿡 쿠션(위에 앉으면 방귀 소리가 나는 고무 쿠션) 소리 내는 방법을 알려준 적이 있어. 자, 들어봐⋯⋯"

"아니, 괜찮아. 네 말 믿을게."

내가 말했다.

"별걸 다 해봤구나. 저글링은 할 줄 아니? 아니면 접시 돌리기나 불붙은 지휘봉 돌리기는?"

"전혀. 아직 해본 적은 없지만 언제든 할 생각은 있어."

버나드가 대답했다.

학교 장기자랑대회에 나가는 일은 내가 생각했던 것보다 분명 더 어려울 것 같았다. 우리는 패배자처럼 현관 계단에 털썩 주저앉았다. 그때 내 주머니에서 철컥하는 소리가 들렸다. 주머니에 손을 집어넣어보니 그것은 카우걸 덕분에 되찾은 나침반이었다.

"그게 뭐야?"

버나드가 물었다.

"아, 이건 마술 나침반이야. 위대한 모리스 씨의 마술 쇼에서 받은 거지. 사실 모리스 씨의 마술 쇼는 그렇게 위대하진 않았지만 나이 많은 사람이 한 것치고 그런 대로 재미있었던 것 같아."

그 말을 하는 순간 마침내 머릿속에 좋은 생각이 떠올랐다.

"너의 재능이 뭔지 이제 알겠어."

내가 버나드에게 말했다. 그러고는 사악한 천재나 성형 프로그램의 감독처럼 턱을 쓱쓱 문질렀다.

"그래, 그거야……, 정말 노오오오올라워."

내가 말했다.

"실패하는 재능."

버나드가 단숨에 말했다.

## chapter 56

# 경이로운 버나드

늘 그렇듯이, 가장 친한 친구에게 억지로 무슨 일을 시키면 시간이 쏜살같이 흘러간다. 우리가 장기자랑 준비에 몰두하다 보니 어느새 학교에서 열리는 장기자랑대회의 밤이 찾아왔다.

"마술에 걸린 느낌 같지?"

내가 버나드에게 물었다.

우리는 무대 뒤에 서 있었다. 버나드는 망토를 입고 마술 모자를 쓰고 있었다. 그리고 나는 스팽글이 달린 바지와 조끼를 입고 있었다. 나는 우리가 아주 멋지게 보인다고 생각했다. 하지만 버나드는 아픈 사람처럼 얼굴이 창백

해졌고 생기 넘치는 내 얼굴과 차
이가 나기 시작했다.

"긴장할 필요 없어. 그냥 심사
위원 몇 명과 사람으로 가득한
공간일 뿐이야. 그리고 아! 누
가 왔는지 보라고! 한쪽 눈에
안대를 한 조에가 왔어. 참,
조에도 공연을 한다는 걸 잊
고 있었네."

내가 위로하듯 말했다.

퍼렇게 질린 버나드의 얼굴은 이제 잿빛으로 변해 있
었다. 우리는 조에가 친구들과 공연하는 모습을 보았다.
조에와 그 일행이 반쯤 공연을 했을 때 서로 싸우다가 무
대에서 퇴장당하는 것까지 지켜보았다. 그 뒤로 헤비메탈
밴드, 시인, 무대에서 싸움을 벌인 여자 댄스 세 팀의 무
대가 계속 이어졌다.

"난 이런 특이한 공연이 아주 마음에 들어. 아, 다음은
우리 차례인 것 같아."

내가 버나드에게 속삭였다.

"자, 다음은 경이로운 버나드와 잘생긴 조수의 마술 쇼가 펼쳐지겠습니다."

공연 진행자가 일정표를 보면서 다음 순서를 발표했다.

우리는 무대 위로 상자를 끌고 올라갔다. 그러자 앞줄에 앉아 있는 버나드의 아빠와 날개를 달고 있는 조에를 비롯해 사람들이 일제히 박수를 쳤다.

"첫 번째는 내 조수를 사라지게 하는 마술입니다."

버나드가 속삭이듯 말했다.

"뭐라고?"

강당 뒤쪽에서 누군가가 소리쳤다.

"목소리를 더 크게 해줘, 꼬마야. 안 들려!"

"지금 내 조수를 사라지게 할 거라고 말했습니다!"

버나드가 사람들이 잘 들리게 다시 말했다.

그때 나는 버나드를 팔꿈치로 쿡 찔렀다.

"내 잘생긴 조수입니다."

버나드가 말을 정정했다.

그러자 군중 속에서 웅성웅성하는 소리가 들리기 시작했다.

"조수가 어디 있다는 거지?"

"넌 보이니?"

"저 아이가 미쳤나?"

나는 평소대로 능숙하고 우아하게 상자 안으로 들어갔다. 버나드가 상자 문을 닫았다. 이윽고 버나드가 어색하면서도 과장된 몸짓으로 이리저리 돌아다니다가 팔을 흔들면서 이렇게 소리쳤다.

"수리수리 마하수리! 아브라카다브라! 소원아, 이루어져라!"

곧이어 버나드가 상자 문을 다시 열었더니……

상자 안에는 아무것도 없었다!

"짜잔."

버나드가 말했다.

음, 굳이 말하자면 강당은 너무 조용했다. 생쥐가 딸꾹질을 하거나 벼룩이 가려워서 긁는 소리도 들을 수 있을 정도였다. 나는 그렇게 많은 사람이 어리둥절한 채로 입을 벌리고 이마를 찡그린 모습을 본 적이 없었다.

그런데 그때, 강당의 뒤쪽 어디에선가 킥킥거리는 소리가 들렸다. 사실 그것은 깔깔거리는 소리에 가까웠다. 그리고 이번에는 그 소리가 퍼져나가는 것 같았다. 우리가 알아채기도 전에 여기저기서 웃음이 터져 나왔고, 그 웃음은 순식간에 오케스트라 음악처럼 점점 더 커졌다.

관객들은 버나드의 다음 마술을 위해 다시 박수를 쳤다. 버나드는 보이지 않는 조수를 톱질하여 반으로 자르는 마술을 보였다.

버나드가 보이지 않는 나를 공중에 뜨게 할 때 관객들이 킥킥거렸다. 그리고 버나드가 내 몸을 은빛 고리로 통과시킬 때 껄껄 웃어댔다. 그러다 버나드가 내 머리에 칼을 꽂을 때는 폭소를 터뜨렸다.

"천재 코미디언이야!"

사람들이 소리쳤다.

"단연코 가장 재미있는 공연이군!"

"경이로운 버나드가 우승하겠어!"

## chapter 57

# 그리고 버나드의 멋진 조수

나는 버나드가 마술 쇼 이후 반 친구 몇 명에게 환영 받는 모습을 지켜보았다. 분명 그 친구 가운데 일부는 마술 쇼를 보기 전까지 버나드의 이름조차 몰랐을 것이다.

"넌 프로 코미디언이 되어야 해."

반 친구들이 말했다.

"그렇게 좋은 아이디어를 어떻게 생각해낸 거니?"

반 친구들이 물었다.

"점심시간 때 우리와 함께 밥 먹지 않을래?"

그때부터 학교생활이 훨씬 더 좋아졌다.

월요일에 발야구를 할 때 버나드는 끝에서 네 번째 선

수로 선발되었다. 끝에서 네 번째라니! 평소에는 버나드가 선수로 뽑히는 일이 없었기 때문에 그 정도면 대단한 발전이었다. 그리고 버나드는 경기를 하는 동안 덤불에 숨을 필요도, 나뭇잎의 도움을 받을 필요도 없었다.

화요일에는 버나드가 처음으로 손을 들어 올려 아이다호의 주도를 맞혔다. 점심시간 때 버나드는 이제 혼자가 아니었다. 학교버스를 타고 집으로 갈 때도 운전사가 내릴 곳을 잊지 않을 정도로 버나드는 완전히 눈에 띄는 존재가 되었다.

수요일에 버나드는 눈이 다 나은 조에한테 댄스 동아리에 들어오라는 요청을 받았다. 버나드는 어쩌면 잠시 들를 수 있다고 했고, 조에는 기다리겠으니 "그곳에서 만나자"고 했다. 그곳에서 만나자라니! 4학년에게 그 말은 기본적으로 상대에게 관심이 있다는 의미였다.

목요일에는 버나드가 교장 선생님으로부터 장기자랑 대회 1등 트로피를 받았다. 트로피 앞쪽 금으로 된 작은 접시 위에는 '경이로운 버나드'라는 이름까지 새겨져 있었다. 그리고 그 이름 바로 밑에는 무엇보다 가장 놀라운 네 단어, '그리고 버나드의 멋진 조수'라는 말도 쓰여 있었다. 정말 최고의 명예! 최고의 행운이었다!

모든 것이 정말 좋았다.

금요일에 내가 슬픈 현실을 깨닫기 전까지는 아주 좋았다. 이제 떠나야 할 시간이었다.

보이지 않는 소년은 더 이상 보이지 않는 존재가 아니었다. 버나드는 더 이상 떠돌아다닐 필요가 없었다. 그리고 경기할 때에도 숨을 필요가 없고 아이들과 떨어져 놀지 않아도 되었다. 이제 버나드는 사람들의 눈에 잘 보였기 때문이다.

그래서 나는 떠나기로 했다.

나는 작별 인사를 할 강심장이 되지 못했다.

물론 버나드는 내게 함께 있어달라고 하겠지만 만일 그랬다면 나도 그러겠다고 했을 것 같았다. 버나드는 머리를 껍데기 밖으로 막 내밀기 시작한 거북이 같았다. 내가 머물렀다면 버나드는 나와 함께 가장 작은 유령으로 안전하게 물러나 있지 않았을까. 하지만 나는 버나드를 다시 숨어 살게 하고 싶지 않았다. 진심이었다. 나는 진정 누군가의 삶이 변화하도록 도와준 데서 느끼는 자부심을 지키고 싶었다. 그리고 그 때문에 나는 아주 조금은 보이는 존재가 된 것 같았다. 이제, 나는 이 모든 이야기를 설명하기 위해 상상의 재배치 사무실로 돌아갈 것이다. 그러면 그곳에서는 나를 또 새로운 친구에게 보낼 것이다.

나는 버나드가 트로피를 닦으며 새로운 친구들과 웃는 모습을 지켜보며 깨달았다. 버나드는 지금까지 많은 마술을 시도했고 또 잘해냈다. 그리고 무엇보다 버나드가 진정으로 멋진 이유 한 가지가 있었다. 경이로운 버나드는 마침내 스스로 세상에 모습을 드러낸 것이다.

## chapter 58

# 8천억 개의 새로운 별

나는 내가 알지 못하는 곳을 향해 떠났다. 새로운 배치를 받을 곳, 거기는 '나의 지도'에서 새로운 장소로 나타날 것이다.

나는 문득 버나드의 지도가 생각났다. 버나드의 지도는 아주 특별한 지도에 속했다. 그 지도는 어딘가에서 본 듯한 흰 양피지 같았다. 그러나 특급 비밀은 푸는 특수 안경으로 보면 모든 것을 파악할 수 있다. 언어의 작은 늪과 마법의 산뿐만 아니라 아직 명칭이 만들어지지 않은 여러 색상까지 볼 수 있다.

나는 달리 갈 곳이 없어서 상상의 재배치 사무실로 향

했다. 그러고는 재배치 담당자에게 서류를 작성할 필요가 없다고 말했다. 그리고 어떤 질문에도 대답하지 않았다. 심지어 나는 '그냥 내가 가장 필요한 곳이면 어디든 보내주세요'라고 생각하면서 과장된 몸짓으로 서류 종이를 구겨버렸다. 그러고는 텅 빈 대기실에서 기다리다가 내 번호가 불렸을 때 새로운 삶을 만나러 작은 문을 지나갔다. 그러면서 앞으로 무슨 일이 생길지 마음의 준비를 단단히 했다.

그런데 나는 내 여정에서 가장 처음에 일어났던 일을 잊어버렸다. 서류를 작성하지 않으면 불확실한 상태, 어둠 속에 빠져 기다려야 한다. 아주 오랫동안 기다려야 할 수도 있다.

그리고 바로 그곳이 나 자신을 찾은 장소일 수 있다.

나는 숨바꼭질을 하고 돌아온 것처럼 행동하기로 했다. 어둠 밖에서 일어나고 있는 많은 일이 생각났다. 그 일들을 모두 상상해보았다.

장난감 상자 안에 있는 동안 10억 6,400만 명의 아기들이 태어났다. 그리고 8,586가지 종류의 생물이 멸종되었다. 또 480개의 화산이 분출했고, 1,200명의 사람들이 코코넛이 머리에 떨어지는 바람에 죽었다. 각 416일의 월요일, 화요일, 수요일, 목요일, 금요일이 지나갔고 달이 지구를 104번 돌았으며, 8천억 개의 새로운 별이 은하계에서 탄생했다.

하지만 내게 새로운 별은 하나도 없었다. 어둠뿐이었다. 그리고 그 어둠이 나를 삼키기 시작했다.

모든 것이 사라지기 시작했다.

내 기억은 모래로 되어 있는 데다 물에 너무 가까이 있는 것 같았다. 너무 가볍고, 손으로 만질 수 없으며, 보이지도 않은 채. 그런데 나는 그 기억들을 지키기 위해 무엇을 해야 할지 몰랐다.

맨 먼저, 내 이름이 사라지는 것을 보았다.

자크JACQUES에서 'J'가 큰 비눗방울처럼 떠다녔고, 그 뒤로 'A, C, Q, U, E, S'가 차례로 떠다니다가 모두 한꺼번에 사라졌다. 파피에PAPIER는 약간 더 오래 머물러 있다가 잉크가 번지더니 글자들이 마침내 허물어져 작은 조각으로 떠다녔다. 달의 곡선 같은 'P'와 포크집게 같은 'E'가 종이접기처럼 서로 달라붙어 탱고를 추다가 사라졌다. 그리고 내가 그린 지도, 내가 좋아하는 노래, 내가 만나고 알고 지내고 돌보아준 사람들도 모두 떠나버렸다. 안녕, 플뢰르의 친절함, 엄마의 인내심, 아빠의 경이로움이여! 안녕, 피어의 창의력, 멀라의 바다 같은 마음, 버나드의 용기, 카우걸의 모험심이여! 안녕, 악취 나는 양말, 미스터 피티풀, 다른 모든 상상 친구여. 자신의 행복보다 친구들의 행복에 더 많은 관심을 두는 상상 친구들이여, 안녕. 그 모든 기억이 믿기 어렵고 보이지 않는 상상 속의 날치 떼처럼 지느러미를 획 젖히고 헤엄치면서 사라져버렸다.

그리고 나는 이제 정말 혼자가 되었다.

자신에 관해 알고 있는 모든 것이 사라지면 그 존재는 누구일까?

주변에 자신의 역할을 생각나게 해주는 사람이 없다면 그 존재는 누구일까? 또 후회할 기억이 없거나 자신을 따뜻하게 하는 기억이 없다면 그 존재는 누구일까?

자신이 어떤 모습이었는지 기억할 수 없다면 그 존재는 무엇일까? 또 어떤 형태를 취할까?

그리고 기억이 전혀 없다면 밤에 어떤 꿈을 꿀까? 또 기억나는 노래가 전혀 없다면 어떤 노래가 머릿속에 떠오를까?

모든 것이 사라진 후, 그 어둠 속에서 나는 나 자신을 보려고 애썼다. 물론 나는 특별한 형체가 없었지만 그래도 괜찮다. 형체는 별 의미가 없다는 것을 알게 되었으니까. 그렇다면 나는 무엇이었을까? 내 기억이 사라졌을 테지만 내가 알던 사람들은 내 일부였다. 그 사람들 덕분에 나는 존재했다. 그런 식으로 나 자신이 되면서 그 사람들의 친절과 용기와 타인을 생각하는 마음과 함께 내가 존재한다는 사실을 깨달았다. 나는 그 사람들이 만들도록 도와준 장소를 찾을 지도나 나침반도 필요 없었다. 내 마음의 집을 웃음과 빛, 사랑과 가족이라는 가구로 가득 채웠으니까. 나는 그곳에서 솟아올라 가을 안개로 가득한 하늘을 날아오를 수 있다고 상상했다. 그리고 나는 멀리, 아주 먼 곳으로 매우 많은 시간을 보낸 후, 어딘가에 도착했을 때 마침내 내가 집에 있다는 것을 알게 되었다.

## chapter 59

# 초록색 아가미,
# 그리고 날개와 비늘

아주 많은 시간이 흘러 어두운 불확실한 상태가 마침내 끝났을 때 나는 무엇을 보고 있는지 확신하지 못했다. 전에도 빛을 본 적이 있었던 걸까? 아니면 그냥 상상했던 걸까?

나는 한 아이의 방에 있었다. 그곳은 꿈속 같았고 내가 전에 있었던 방들을 모두 합쳐놓은 것 같았다. 바닥에서 삐걱거리는 소리가 났다. 어딘가 멀리서 개 짖는 소리도 들렸다. 공기 중에는 막 빨아 널은 옷들과 소나무 냄새가 났다. 그것은 마침내 내가 자유로워졌다는 사실을 알리는 냄새이기도 했다.

침실 창문은 열려 있었고, 커튼이 바람에 날려 춤추고 있었다. 바보 같아 보이지만 그 순간 나는 아주 약간 울고 싶은 심정이었다. 바람에 커튼이 춤추고 있는 창문의 풍경은 어쩌면 늘 저리도 아름다울까? 침실 바닥이 삐걱거리고 멀리서 개가 짖어대는 소리와 기울어지는 빛줄기 속에서 먼지가 춤을 추는 광경도 얼마나 아름다운가? 결국 무엇이든 정말 소중히 여기기 위해서는 모든 것의 잠겨 있는 자물쇠를 죄다 없애야 한다는 생각이 든다.

나는 어디에 있을까? 그리고 **어떤** 존재일까? 나는 밖으로 나가 풀밭에서 내 다리를 보았다. 다리는 밝고 선명한 에메랄드그린빛 비늘로 덮여 있었다. 나는 내 목을 만져보았다. 아가미가 있는 것 같았다. 이번에는 등을 만져보았다. 놀랍게도 날개가 있었다.

나는 근육을 풀고 날개를 움직여보았다.

"날 수 있을지 궁금한데……."

나는 발을 바닥에서 떼어보았다. 예상했던 대로 나는 날고 있는 법을 알고 있었다. 내가 원래 알고 있었던 걸까? 너무 신기했기 때문에 예전에 날다가 잊어버린 것 같지는 않았다.

요령을 빨리 터득한 나는 하늘로 점점 더 높이 올라갔다.

하늘 위로 오르자 아래에는 젖소들이 드문드문 점으로 보이는 황금색 들판과 집도 울타리도 없는 푸른 언덕이 펼쳐져 있었다. 그 푸른 언덕은 모래로 바뀌더니 모래 언덕과 강으로 이어졌다. 그리고 강 너머에는 집과 도로가 많았다. 나는 어디로 가는지 알 수 없었다. 내 마음속에는 나침반 같은 것이 있었다. 나는 저녁까지 그 나침반을 따르며 계속 날아갔다.

마침내 나는 도착한 느낌이 들었다.

나는 거리를 내려다볼 수 있었다. 그동안 많은 일이 일어난 가운데 제자리를 맴돈 적도 많았다. 나는 약간 소리가 크긴 했지만 부드럽게 땅에 내려앉았다. 그곳의 거리 표지판에는 '체리 레인'이라고 적혀 있었다. 사방은 이제 막 어둠이 내려앉기 시작했고, 밖에서 놀던 아이들은 하나둘씩 집으로 불려갔다.

흑백사진 같은 마음속의 모든 것이 저마다 색상을 띠는 듯한 기분이 들었다. 바로 앞에 노란색 집, 빨간색 우체통, 자주색 꽃이 보였다. 노란색 집 현관에 켜놓은 불빛이 따뜻한 온기를 사방으로 뿜어내고 있었다. 그것은 마

치 거대한 세상에 마지막으로 남은
은신처에 들어오라고 초대를
하는 것 같았다.

　나는 누군가가 나를 위
해 그 불빛을 남겨두었다고
생각했다.

## chapter 60

# 집에 돌아온 걸 환영해, 자크 파피에

나는 따뜻한 불빛이 있는 노란색 집으로 다가갔다. 그 집 현관 위의 벗겨진 페인트 자국이 조금은 익숙하게 보였다. 나무에 새겨진 두 개의 글자, 'J'와 'F'를 보고 나는 갑자기 걸음을 멈추었다.

예전에 이곳에 온 적이 있었던 것 같았다. 그것도 아주 오래전에.

현관의 차단 문을 막 밀려는 순간, 나는 발아래에서 으르렁거리는 소리를 들었다. 아래를 보니 세상에서 가장 늙은 개가 있었다. 몸은 길고 다리는 짧았으며 배는 땅에 질질 끌렸다. 털은 회색빛에 고르지 못했고 눈은 나이가 들어서 흐릿해 보였다. 그 늙은 개는 아주 불친절하게 으르렁거렸지만 이상하게도 우리가 아주 오랜 친구였던 것 같은 느낌이 들었다.

아니면 적어도 아주 오랜 원수였을지도 모른다.

"걔는 신경 쓰지 마."

나는 위를 쳐다보았다. 차단 문 안쪽에 서 있는 사람은 일고여덟 살가량 되어 보이는 어린 소녀였다. 머리색이 붉은 그 소녀가 웃을 때, 눈이 반짝거렸다.

"난 펠리스야. 내가 널 초대했지만 네게 어울릴지 잘 모르겠어."

소녀가 말했다. 그러고는 집 뒤편으로 나를 데려가 구름 루트비어플로트가 들어 있는 잔과 구운 달 치즈가 담긴 접시를 건네주었다. 나는 그 음식을 먹으면서 주위를 둘러보았다. '내가 예전에 여기서 놀던 적이 있었을까?' 또 그런 생각이 들었다. 이 뜰에서 나뭇잎들 사이로 뛰어다니고 지도를 그리고, 끝없이 이런저런 놀이를 생각해냈던 기억이 떠올랐다. 하지만 언제, 누구와 그랬던 걸까?

그때 집 뒷문이 열리더니 펠리스와 똑같은, 붉은 머리의 십대 소녀가 걸어 나왔다.

"언니 말이 맞았어. 어떤 친구를 상상했더니 그 친구가 진짜로 왔어. 여기로 날아서 온 것 같아."

펠리스가 언니에게 속삭였다.

"아, 날아다니는 친구라고? 정말 독특하네. 어떻게 생겼지?"

언니가 동생을 팔로 두른 채 말했다.

"그 친구가 보이지 않아? 바로 거기에 있어. 몸집이 아주 거대해!"

펠리스가 말했다.

"안 보여. 내 나이 때의 사람들은 상상 친구가 없어."

언니가 말했다.

"그러니까, 그 친구는 반은 용이고 또 반은 청어 같아 보여."

펠리스가 설명했다.

"그리고 구름 루트비어플로트와 구운 달 치즈를 먹지만 가장 좋아하는 음식은 우주먼지야."

"아!"

언니가 탄성을 질렀다. 언니의 얼굴에는 놀라는 표정이 나타났다가 잠시 후 미소가 떠올랐다.

"그 친구가 누군지 알아."

언니가 계속 말했다.

"바로 드래곤 헤링이야."

그 말을 잠시 생각하던 펠리스는 늘 그렇듯이 언니가 아주 옳다고 생각하면서 고개를 끄덕였다.

"그 친구는 이름이 필요할 거야."

펠리스가 말했다.

"분명 그 친구에게는 이름이 있어."

언니가 말했다.

그리고 펠리스의 언니는 나를 볼 수 없다고 했지만 내게 더 가까이 다가와 내 눈을 바라보았다. 정말 내 눈을 똑바로 쳐다보았다.

그런데 그때 그 소녀의 눈이 낯설지 않다는 생각이 들었다. 소녀의 눈빛은 파랗고 초록빛이 도는 연못과 줄줄이 비치는 황금빛 햇살 같았다. 그리고 그것은 금방이라도 수면 위로 뛰어오를 것 같은 물고기도 생각나게 했다.

나는 그 눈을 알고 있었다. 내 마음속에 있는 뭔가가 터져 나오기 시작했다. 나는 어떻게 해야 할지 몰라 고개를 숙였다. 그런데 그때 나를 볼 수 없는 그 소녀는 보이지 않는 내 에메랄드그린빛 비늘에 기대어 눈을 감았다. 우리는 그 자리에서 잠시 동안 어린 소년과 어린 소녀로 돌아갔다. 둘은 함께 끝없는 지도를 만들었다. 소년은 숲의 선장이 되었고, 소녀는 항해사가 되었다. 늦여름의 반짝이는 햇살 속에서 둘은 나무 한쪽에 'J'와 'F'라는 두 머리 글자를 새겼다. 둘은 작은 손으로 마법을 모아 저녁마다 집으로 떨어졌고, 나뭇잎이 뒹구는 풀 속에 머리를 대고 잠이 들었다.

마음속에서 너무나 많은 사랑이 부풀어 올라 터질 것만 같았다. 그 소녀는 내 목소리를 들을 수 없었지만, 내 말이 안 들리겠지만, 나는 어떻게든 그 소녀에게 말하고 싶었다.

"플뢰르, 난 너를 잊지 않았어."

내가 속삭였다.

"플뢰르, 내가 돌아왔어."

내가 말했다. 그때였다.

"집에 돌아온 걸 환영해."

플뢰르가 말했다.

"집에 돌아온 걸 환영해. 자크 파피에."

감사의 글

나는 내 이야기를 펼칠 수 있는 이 여정에 도움을 준 이들로, 플뢰르 파피에와 펠리스 파피에, 아빠와 엄마, 위대한 모리스, 카우걸, 미스터 피티풀, 악취 나는 양말, 에브리싱, 상상의 재배치 사무실, 피어, 멀라, 버나드에게 감사하다는 말을 전한다.

마지막으로(그리고 별로 내키지는 않지만) 나는 고약한 닥스훈트 프랑수아에게도 고맙다는 말을 하고 싶다. "모든 위대한 이야기에는 비열하고 지저분한 악당이 꼭 필요하지만 프랑수아 너만큼 몸이 땅에 닿을 정도로 늘어진 개는 세상에 또 없을 거야."

— 자크 파피에, 이야기 주인공

　　말로 표현할 수 없을 정도로 내가 신뢰하고 존경하는 에밀리 판베이크에게 감사드린다. 그리고 나만큼 애착을 가지고 결말에 도움을 준 탁월한 편집장 낸시 커네스쿠, 내가 (안달복달하여) 삽화를 그려달라는 요구했을 때 흔쾌히 승낙해준 로리 호닉의 의견과 조언에도 감사드린다. 재미있는 그림을 열정적으로 그려준 세라 워텔, 조시 러드미어, 제이크 커리, 패트릭 오도널에게도 감사드린다. 마지막으로 내 가족과 친구들에게 고마움을 전한다. 자크 파피에의 말을 빌리자면,

　　"누구나 가끔은 보이지 않는 것처럼 느껴진다."

　　정말 그렇다. 하지만 여러분이 있어서 나는 보이지 않는 것처럼 느껴지지 않는다.

— 미셸 쿠에바스

아동 심리학자들에 의하면 3세에서 10세까지의 어린이 60퍼센트 이상이 상상 친구를 경험한다고 한다. 특히 형제자매 없는 여자아이가 상상 친구를 두는 경우가 많다는 것이다.

상상 친구는 사람인 경우가 대부분이다. 하지만 인형이나 장난감을 상상 친구로 삼기도 한다. 상상 친구를 둔 아이의 특징은 다양한데, 그중 가장 두드러진 것은 눈에 보이지 않는데도 누군가와 대화를 나누듯 계속 중얼거리는 현상이다. 아이가 이렇게 행동하면 부모는 당황하기 마련이다. 정신적으로 미숙하거나 정서적으로 불안정하여 현실과 공상의 세계를 혼동하는 것은 아닐까 의심한다. 심지어 자폐증이 있는 것은 아닌지 의심하기도 한다. 그러나 그 같은 행동은 아이가 성장하는 과정에서 나타나는 자연스러운 현상이라는 것이 대다수 학자들의 견해다.

어린이들에게 상상 친구는 외로움을 달래주고 불안과 걱정을 덜어주는 역할을 한다. 그래서 어린이들은 심심하거나 외로움을 느낄 때 상상 친구를 찾고, 걱정거리가 있거나 마음이 불안할 때 이를 해소하기 위한 자구책으로 상상 친구와 대화를 나눈다. 이 책은 바로 그런 상상 친구 이야기다. 좀 더 자세히 말하면 자신이 상상 속 존재라는 사실을 뒤늦게 깨달은 자크라는 상상 친구가 자아를 찾아가는 과정에서 겪는 모험 이야기인 것이다.

이 책에는 재치와 유머가 있고 감동과 교훈이 있다. 그리고 기쁨과 슬픔이 있다. 그래서 넋 놓고 웃다가도 금세 애처로운 나머지 코끝이 찡해지기도 한다. 군데군데 철학적인 표현이 있어서 독자에게 생각할 거리를 주기도 한다. 그러나 이 책의 가장 큰 장점은 재미다. 상상 친구의 입장에서 세상을 보는 독특한 설정도 그렇지만, 장면 하나하나가 기상천외하고 흥미진진하다. 아무쪼록 많은 독자가 이 재미있고 사랑스러운 이야기에 흠뻑 빠지기를 바란다.

— 정희성

소설BLUE 05

# 상상 친구의 고백

초판 1쇄 발행  2016년  6월 24일
초판 2쇄 발행  2016년 12월 30일

지은이  미셸 쿠에바스
옮긴이  정회성
펴낸이  이수철
주 간  하지순
편 집  정사라, 최장욱
디자인  엄혜리
속표지 그림 및 채색  Cindy Choi
마케팅  정범용
관 리  전수연

펴낸곳  나무옆의자
출판등록  제396-2013-000037호
주소  서울시 마포구 성미산로1길 67 다산빌딩 301호 (03970)
전화  02)790-6630    팩스  02)718-5752

페이스북  www.facebook.com/namubench9
인쇄 제본  현문자현    종이  월드페이퍼

ISBN 979-11-86748-65-7  03840